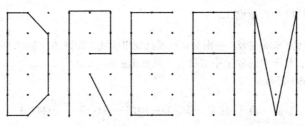

少年梦·青春梦·中国梦:中国故事

春天送你一首诗

邓洪卫 著

江西高校出版社
JIANGXI UNIVERSITIES AND COLLEGES PRESS

图书在版编目（CIP）数据

春天送你一首诗/邓洪卫著. —南昌：江西高校出版社，2014.6（2017.5 重印）
（少年梦·青春梦·中国梦：中国故事／尚振山主编）
ISBN 978-7-5493-2571-9

Ⅰ.①春… Ⅱ.①邓… Ⅲ.①故事—作品集—中国—当代 Ⅳ.①I247.8

中国版本图书馆 CIP 数据核字（2014）第 115948 号

出 版 发 行	江西高校出版社
社　　　址	江西省南昌市洪都北大道96号
邮 政 编 码	330046
编 辑 电 话	（0791）88170528
销 售 电 话	（0791）88170198
网　　　址	www.juacp.com
印　　　刷	北京一鑫印务有限公司
照　　　排	麒麟传媒
经　　　销	各地新华书店
开　　　本	710mm×1000mm　1/16
印　　　张	14.5
字　　　数	208 千字
版　　　次	2014 年 7 月第 1 版
	2017 年 5 月第 2 次印刷
书　　　号	ISBN 978-7-5493-2571-9
定　　　价	28.00 元

赣版权登字-07-2014-266

[目 录]
CONTENTS

老中医

于先生是医生。中医。

中医这行当，是越老越吃香，越有名气。如果你年轻，长相凡俗，挂起中医的牌子，往往会门前冷落。如果你岁数长点，鹤发、银须，气色超俗。你就吃香了，往名老中医上靠了。

于先生头发不白，墨黑墨黑的；颔下也无须，光光溜溜。看起来不过五十，但他确实是名老中医。他擅长治疗男女不孕不育。有多少夫妇，愁眉苦脸地来，喜笑颜开地去。

小城里的人都叫他神仙。

他今年六十一了，刚从中医院退下来。

他说，中医院这帮头头，都是白吃的，不会算账。如果能返聘我，只需一屋，一桌，一椅，一脉枕，能顶半个楼用呀。他们看病，开个单子，查这查那的。我不，伸出手腕来，一摸，就知道怎么回事了。

我说，是啊。

于先生退休后，在家里腾出一间屋来，打了一套中药橱，一桌，一椅，一脉枕，就算开张了。

于奶，也就是于先生的老伴，常常坐在门前夸于先生。老头子可能耐了，县长都找他看病呀，你知道吗？县长肾虚。晚上，车子来接。看完了，再给送回来，抓了几副药，让秘书带回去。

再看县长在电视上露脸的时候，心里就免不了嘀咕：别看他神气活现的，肾虚。

于奶还说，老头子经常被请出去参加研讨会，见过大世面。

这个错不了。我看到于先生办公桌的台板下，确实压着许多大幅照片。好家伙，上百号人的集体照。脑袋挨着脑袋，其中就挤着于先生的脑袋。

那时的于先生大概五十出头，风华正茂。在全国各地的医学杂志上发表论文，又是单位的外科主任，凡事公款报销。

国内的一些中医学校经常邀他去讲课。他还收到过美国的邀请函，让他去讲学。

于先生拿着邀请函，去找院长。院长说，好事呀，我们大力支持，但是，得请示局长。卫生局长说，好事呀，我们大力支持，但要通过县长。分管教科文卫的县长也说，好事呀，要大力支持，弘扬中医文化，得往市里面报。

往上报了，如石沉大海，再无音讯。

于先生拿出美国的邀请函来，让我看。都是英文，我看不懂。

于先生说，我也看不懂。当时请一个英语老师翻译的。他肾有点虚，常找我看看。

我在心里长叹，怎么这么多人肾虚呀！

于先生的生活并不顺。怎么说呢？老伴身体不太好，身上带着几种病，轮流上阵，弄得她很焦躁，焦躁了就朝于先生发火，于是，弄得于先生也很焦躁、疲倦。

于先生每天都得买菜，做饭，洗衣服。于奶就搬条凳子，坐着，看，有一搭没一搭的，唠上两句。

于先生心里不太高兴，但脸上还得笑眯眯的，跟她说话。

于先生说，我都花甲之年了，好歹也是名老中医呀，拿着不菲的退休金，又坐堂看病，另挣一份钱，也该享受了。怎么能让这些杂事荒废光阴呢?

我说,可以找个小保姆呀。

于先生说,找了,被她气跑了,她嫌人家做事不利索。

没办法,于先生只得亲自上阵了。往往正向桶里放水,或操着铲子在锅里拨弄的时候,来病人了。于先生只得放下活儿,擦擦手,看病。

正号着脉,那边水放满了,或者锅底糊了,赶紧跑过去,关水,或往锅里加水。

忙个团团转。

于先生有点灰心,觉得这跟自己的身份很不匹配。

于先生就常跟我发牢骚,末了,长叹一声,命呀!

就在于先生灰心的时候,他收到一封南方女人的来信。信中说,她在那个城市开了一所中医院,想返聘于先生到医院任职。落款:陈玉娣。

于先生记起来,这个陈玉娣曾跟他在一次研讨会上见过面。女人很活泛,围着于先生问这问那。那几天,于先生心情愉快,一下子觉得年轻了十岁。

于先生拿着信,交给我看,征询我的意见。

我说,可以去吧。可是,应该问问老伴和儿女的意见。

于先生摇摇头,他们肯定不会同意的。

我说,我正要到那个城市出差,可以到这个医院去看看。他说好,我等你回来。

半个月后,我回来了。来见于先生,到了那座熟悉的院子,觉得气氛有点异样。我问,于先生呢?

于奶说,没了。半个月前就没了。

原来,在我向他告辞的当天晚上,于先生召开了家庭会议。参加会议的有老伴和三个孩子。

于先生拿出了信,让老伴和三个孩子传阅。

于先生说,出去,一来可以一门心思发展自己的事业,二来可以多挣点钱,补贴补贴你们。

老伴还没说话，孩子们就嚷嚷开了：你走了，母亲由谁照顾？再说，你现在收入已经很高了，这么大岁数，何必再出去受苦呢？

于先生沉默了。

晚上，孩子们觉得挺对不住老父的，就买了菜，来安慰他。

于先生说，喝点酒吧。

就喝酒。

他低下头，不管孩子们说什么，只是喝酒。就喝多了。跑到卫生间，一阵狂呕。

孩子们把父亲服侍好了，睡了，才各自回家。

那一夜，于先生睡得很沉。第二天醒来，他说有点闷，就走出来。刚到院子里，就倒了下去。

再也没起来。

……我站在院子里，怅然若失。

一个男人，扶着他的大肚子女人走过来，笑嘻嘻地问，于先生在家吗？

见此情景，更觉心酸。

这次去南方，我确实找到了那个叫陈玉娣的女人。陈玉娣说，医院刚刚办起来，缺少医生。她就找出参加研讨会的通讯录，一下子发出几十封信。如果于先生能来就来，不来，也就算了。

我把于先生的事儿讲给小杨医生听。小杨医生是小城最年轻的中医。

小杨医生摇了摇他的大脑袋，说，一个中医，能医治别人的病，却不能医治自己的心，悲哀呀！

那时候，我和小杨医生正站在菜市场里，周围一片嘈杂声把我们挤得很孤独。

半天没说话，我们都转过身去，高声跟一个菜贩讨价还价。

初 恋

　　秦皮从三十岁开始，好上了酒。一喝即醉，醉了爱说事儿。说什么事儿？说风花雪月的事儿。对谁说？对他的女人说。

　　叶儿呀，你过来一下。秦皮说。女人知道他又要说事儿了，女人就倒一杯水，坐在床边。秦皮抓住女人的手，说，叶儿呀——目光里柔情似酒，醇厚。

　　那时候，我们都还小，五年级吧。我要到县里参加少儿故事比赛，先在班上讲，又在全校讲。老师同学们都说好，我的心里甜呀，得意呀。可是那天早上，我上学校。我总是第一个到校的，我是班长，我要开教室的门。可那天早上，我一进校门，就见你站在教室的门口，你穿着一件蓝花上衣，是不是？你眨着黑眼睛，说，你的故事讲得好呀，要是讲话的速度再慢一点儿就更好啦。我想了想，真是有点儿快了呢。我就调整了语速。结果到县里一讲，第一名，第一名呀！

　　女人说，喝水。秦皮就咕咚喝了一口水。

　　喝了水，清了清嗓子，秦皮接着说。每说完一段，总要握着女人的手，摇。情真意切。

　　秦皮四十岁，仍然爱喝酒。喝了醉，醉了爱说事儿。说风花雪月的事儿，对他的女人说。

　　叶儿呀，秦皮说，记不记得，高考结束那天晚上，我们到校园后面的响水河堤上散步？那天晚上，我们谈了好久。我说我没考好，你说你也没考好，作文还跑了题。你骗我呀，你的作文根本没跑题，得了个满分。跑题的作文能得满分吗？嗯？我们互相宽心，宽着宽着，我们的眼神就有点儿飘忽忽的。我们就拥抱了，我们就接吻了。我到现在也分不清是你先动的手，还是我先动的口。总之，我们都觉得语言是多么苍白无力，动作才最真实有效。那是我的初吻呀。麻麻的，咸咸的，多复杂的感觉呀。是这感觉不，叶儿？

对呀，麻麻的，咸咸的。女人说。

那咱们学着吻一个。秦皮觍着脸凑过来。女人有些犹豫，但还是闭着眼迎上去。

他妈的，找不着当初的感觉了。秦皮拍着脸，怅然若失，掉头睡去。

秦皮五十岁，越发爱喝酒，三天两头地，醉握着女人的手，说风花雪月的事儿。

叶儿呀，你后来怎么就做了一个医生了呢？而且还分在一个乡医院。那天晚上，我去看你，正好该你值班。真是个小医院，一晚上没一个病人。值班室也不大，一张帘子隔开来，外面是桌子，里面支一张小木床。我们先是在外面说话。后半夜，有些冷，你就坐上了床，盖了被。你让我坐在外面，有病人喊一声。我坐了一会儿，撩起帘子，钻进被窝儿。被子小，冷风透着缝隙往里钻。我们就抱在了一起。后来，我松了手，我解你的纽扣，你拉我的手，不让解。我甩开你的手，解！就解了。解开了，就成了一团火了。多旺的火呀，我快要熔化了呀……你说巧不巧，我们的事儿刚完，就有病人了。外面的门就被捶得咚咚响。你赶紧穿衣服。看完病回来，我们都乐坏了。原来，你从上到下，都穿着我的衣服。你说好不好玩？你说呀。

好玩。女人挤着笑容。

秦皮六十岁了，仍然是酒不离口，醉眼迷蒙地对女人说事儿。女人真是好性子，仰着菊花状皱皱的脸儿，听。

有人对女人说，老醉鬼瞎绕绕，别睬他。

女人就笑，他高兴说，我也高兴听呢！

这一天，秦皮又跟一伙老朋友在外面耍闹。中午，聚在小酒馆喝酒。

还没喝几杯，有人慌张张地来了，叫，秦皮，快回家！你女人喝醉了，躺在院子里，吐了一地。

秦皮扔了酒杯，跑到家里。女人已经被人扶在自家床上，歪着脖子，神志不清。

女人一把抓住秦皮的手臂，摇。

女人说，阿毛呀，你爱打架，成绩又最差，老师和同学都避着你，只有我喜欢你，跟你在一起玩。我考上了省城师范，家里没钱呀。你东跑西凑给我几百块钱，送我上了学。你什么也没考上，你就到省城做小工，挣的钱你舍不得花，给我买书，买衣服。我想好了，一毕业，就跟你结婚。可是，等我毕业后，你却瞒着我跟另一个女人结婚了，并且去了一个遥远的城市。你说你配不上我，希望我能找一个门当户对的，真心对我好的。我后来就找了秦皮。

女人摇着秦皮的手，说，阿毛呀，秦皮是个好人呀，对我也不错。可是他有一个毛病，爱喝酒。喝就喝呗，一喝就醉，醉就醉呗，可他爱说事儿。说就说呗，可尽说他以前的风花雪月事。他把我当做他以前的恋人了呀。我每次强作笑容，心都要碎了，碎了呀。三十年了，他讲了上百次了，我只好耐着性子听，我怕他不高兴呀。今天，他又出去喝酒了，一会儿回来，还得讲那些酸事儿，我真想拿胶布将他嘴粘上，粘上！

女人说，阿毛，你当初为什么要离开我呀，为什么呀？你知道我这么多年是怎么过来的吗？我苦呀。呜呜！

秦皮木木地坐着，任女人的手在他的手臂上，一下下地击打。

秦皮的眼里汪着泪，秦皮说，小苏呀！

六十岁的秦皮戒酒了，这是谁也没想到的事。

每到黄昏，小街上会出现一对老人相拥的身影。

有人喊，秦皮，喝酒。

秦皮转身微笑，说，谢了。

那人又喊，这老东西，老了老了还浪漫了。

秦皮说，我们在恋爱呢。恋爱，你懂吗？

离　婚

　　吴同是在三十岁那年的春天决定离婚的。在这之前，他和妻子的感情一直很好。

　　也正是那年的春天，吴同发现妻子有了外遇。

　　那天晚上，吴同告诉妻子，自己要去加班写材料，很晚才能回家。吴同是单位里的笔杆子，领导有什么材料都要他写。单位里的事儿不多，可要写的材料却不少。因此，吴同就经常要加班给领导写材料，一写，就到深夜，有时能写一宿。

　　可那天，吴同的笔很顺，本来预计写到夜里两点的材料，十点多钟就完成了。吴同收拾好东西就下了楼。到楼下的车库里，吴同怎么也找不到自己那辆崭新的自行车了。多年以后，吴同总觉得自行车的被盗是以后家庭不幸的征兆。

　　丢失了自行车的吴同，只好步行回家了。

　　吴同的家是三间老式平房。那天吴同走到后街的拐弯处，就看到自家的屋里没有一丝灯光。吴同想，妻子怎么这么早就休息了呢？这时候，吴同看到自家的门开了一半，从里面溜出一个人来，那人随手把门带上，匆匆地拐上了前街，很快消失在夜色里。

　　吴同看那人的背影，好像是妻子的顶头上司。

吴同的脑子"嗡"的一声，像一下子钻进了上千只蚊子苍蝇，身体也忽悠一下，被抛进了万丈深渊。

吴同知道，自己原本幸福的婚姻将面临解体。

那天，吴同没有回家，而是又回到了办公室，在沙发上躺了一夜。那一夜，吴同怎么也不能合眼，满脑子只有两个字：离婚！

我一定要离婚！

我不能失去男人的尊严！

天明我就去离婚！

可天快亮的时候，吴同离婚的决心开始动摇了。

局里将提拔一个科长，过几个月就见分晓。局长曾经表示吴同是重点培养对象，这时候闹离婚，一定会对吴同的政治前途有影响。唉，还是等几个月再说吧。

几个月后，吴同果然当上了科长。吴同知道，这时候如果提出离婚，别人会怎样看他，还是再等几个月吧。又过了几个月，吴同觉得科长的位置比较稳固了，就又想到了离婚。可这时，妻子已经怀孕八个月，眼看就要分娩了。吴同长长叹了一口气，想，还是等孩子生下来再说吧。

孩子终于生了下来，是个男孩。让吴同欣慰的是，孩子的眉眼像极了自己。

孩子到了一周岁，吴同又想到了离婚。可吴同一看到孩子，就犹豫了。吴同想，离婚了，孩子怎么办？妻子肯定不会把孩子让给他的，而自己又实在舍不得孩子。再等等吧。

这一等，就是近三十年。

这三十年里，吴同无数次地想到过离婚，又无数次地打消了这个念头。孩子正在上学，吴同怕影响孩子的学习成绩，还是等孩子考上大学再离婚吧。终于，孩子考上了大学，吴同又想，还是等孩子工作了再谈离婚吧。这三十年里，吴同不时感到有挥之不去的痛苦像一头怪兽在啮咬着自己的心，吴同对自己说，离婚吧，不然我会疯的。吴同经常一个人来到旷野上，发疯一般地狂奔，跌倒了，爬起来再跑，直到精疲力竭地仰躺在地上，像死了一样，一动不动。有时，吴同还会对着天空一遍遍地狂喊：我要离婚！直到把自己的嗓子喊哑。有许多次，吴同被大雨浇得浑身精湿却全然不顾。

如今，孩子工作了，吴同该提出离婚了。可他怎么也不会想到，这时候，一向身体很好的妻子却病倒了，诊断书上赫然写着：肝癌晚期。

吴同一下子蒙了。

几个月后，妻子的病情恶化。

这一天，妻子已经到了生命的最后一刻，病房里挤满了亲友。妻子用微弱的声音说，请你们都出去一下，我对他说句话。亲友们都出去了。吴同俯下身来，吴同听见妻子用含混的声音对自己说，谢谢……你对我……的照顾，我感到很……幸福。说着，妻子苍白的脸上露出一丝笑容。吴同却抖抖索索地从衣兜里掏出一张纸来说，这是一张离婚协议书，我已经代你签过名了，你按一下手印好吗？妻子的眼睛瞪大了，笑容一下子僵在脸上。好一会儿，才缓缓地抬起手，可抬了一半，猛地垂了下去……

吴同愣了一会儿，放声大哭。外面的亲友听到哭声都涌进来。他们看吴同哭得那么伤心，都劝，可吴同哭得更厉害了。在场的人都流下了眼泪……

从殡仪馆出来，吴同从兜里掏出那张纸，扯碎了，扔在空中。

这时，吴同看到不远处的路边，有一辆崭新的自行车，在阳光下闪闪发光。

吴同觉得它跟自己三十岁那年春天丢失的那辆车一模一样。

可是，怎么会呢？那辆车，已经丢失近三十年了，即使找到，也已经破旧不堪了。

大孩子

又到中秋。

温小北想回家，回父母的家。

只有回父母的家了。现在，温小北已经没有自己的家。以前有过，现在没了。刚开始的日子，小北不适应。现在，不仅适应了，且越来越迷恋这种生活。

上班，写作。穿很宽松的睡袍，在自己的房间走来走去。多好呀！

就这样下去吧，省去了许多俗事。在清静的夜里，在宽松的床上，温小北靠着背垫，散乱着头发，看窗口的月亮，想。

可小北的朋友们都不愿她这样下去，他们碰到好的单身男人，总是设法介绍给小北。

上个周末，一个同学死命给她介绍了一个。见了一次面，印象颇为不错，相貌堂堂，热情大方，还颇为健谈，言语中不乏幽默。

好像在哪儿见过？一见面，小北就在心里寻思。待同学介绍说他就是本市著名企业家石川时，她恍然大悟。

在电视新闻里见过，是本市十大杰出青年之一。与在电视里表现出的霸气相比，面前的他更显得温文尔雅。小北的心里泛起一种怪怪的感觉。

尽管如此，温小北还是找个理由先溜了。

事后，小北给那个同学发了短信：男人挺好，可惜我不需要男人！

让温小北意想不到的是，那个只见过一面的男人，对她颇有好感。每天一个短信，往她的手机上发。温小北不为所动，总是很温柔地将那些短信删了。

中秋将至的浓郁氛围，逼出温小北的无限孤寂。她想念父母，还想念童童。

童童是小北妹妹家的孩子。男孩。五岁。

于是，中秋前夜，温小北回到家。父母当然很高兴。他们说，女儿比上一次瘦了，眼角也多了些许皱纹。温小北摆摆手，问，童童呢？

话音刚落，童童就像小鸭子样一摇一摆地出来了。

小北说，想大姨吗？童童说想。小北伸过脖颈，童童在她两边脸上各亲一口，很响。

小北很喜欢这个孩子，每次回家前，总让妹妹将这孩子送过来。

有时，小北的心头还会漫上一种伤感的情绪。她这辈子不可能有自己的孩子了，倒不是她独身的缘故，更主要的，是她曾经的一种妇科疾病，夺取了她做母亲的权利。

小北让童童背诗，童童很听话，摇头晃脑地背了起来，先是"鹅鹅鹅，曲项向天歌"，然后是"春眠不觉晓"，一首接着一首，那神态逗得小北哈哈大笑。

躺在床上，小北又给童童讲了几个童话故事。童童有点困了，打了个哈欠，伸出胖乎乎的小手，摸住了小北的耳朵，细细地揉，搓。

眨眼的工夫，童童睡着了。

温小北却睡不着。听母亲说，这摸耳朵的习惯，她小时候也有。每到要睡觉的时候，小北总要抓住母亲的耳朵。如果母亲不在家，温小北肯定睡不好觉。有一次，小北的奶奶生病了，母亲到医院去陪护，到夜里十二点才回来，温小北还没有入睡。母亲在她身边刚一躺下，小北立即抓住了她的耳朵，一分钟的工夫，小北就呼呼入睡了。这个习惯一直保持到上中学。

就在她胡思乱想的时候，手机响了。一看号码，是石川的，小北赶紧摁断了。可一会儿，那个声音又响了起来，小北干脆关了机。

第二天，到九点钟，小北才起床。开机，几条相同的信息在一片音乐声中，像鱼一样，一条一条蹦出来：让我们一起看月亮吧。这几条鱼，在小北的心里"泼泼拉拉"，搅起水声一片。

一个男人真诚而无助的面容，在手机屏幕上忽隐忽现。

小北决定提前回去了。尽管小童童哭着闹着，扯住她的手不让走。

当天晚上，小北和石川坐在城里的酒吧里。

石川仍然温文尔雅，比上次多了一些休闲随意。那天晚上，他们谈了许多的话题，但绝口没有婚姻的内容。虽然如此，温小北还是在心中将他与前夫作了一个暗暗的对照。不对照不要紧，温小北喟然感叹少女的清纯与不谙世事！

石川说得最多的，是他的母亲。

石川说，他十岁时，母亲就抛下他和父亲，走了。

石川说，十岁之前，他一直跟着母亲睡，父亲是一个工厂的保卫人员，值夜班。

石川说，许多年了，母亲一次没回来过，他现在都记不清母亲的模样了。

石川说，母亲离家的那天，是中秋。那个夜晚，月亮很大，很圆，很亮。

那天晚上，石川喝了许多的酒，小北也喝了许多的酒。醉意迷离中，小北和石川来到了宿舍，和衣而卧。天明醒来，小北发现自己的耳朵正被石川一只宽大的手软软地捏着。再看石川的脸，憨憨的睡相，嘴角竟流淌着很轻的不易发觉的笑。

小北闭上眼睛，轻呼了一口气。

她在心里说，妈，我找了一个大孩子。

小 力

再说说小力。

一开始，我不认识她。她的一个朋友，叫小飘，跟我稍微熟悉。小飘对她说，最近，我认识一个作家，挺是那么回事儿的。

小力就记在心里，给我发短信。几句莫名其妙的话。我没回。因为这是莫名其妙的号码。

后来，她开始介绍自己，说自己的身世，工作，甚至情感。好像经历挺复杂的。还一口一个老师地叫。

我开始回短信了，往往只回一句话。而她呢，几句几句地发，我这边还没回，那边又一条过来了。我索性不回了，只听她说。

她说：我想读你的书。我回：好吧，有机会送你两本。

她回：现在就想要，现在就去拿。

那时，已是半夜了，拿什么书呢？我关机睡觉。

第二天开机，一条短信蹦上来，意思是：老师别生气，开玩笑的，我还在外地呢。

后来，她告诉我，她确实在外地。浙江台州。她在一个化工厂工作，搞销售，经常去浙江。那里有着稳定的客户群。

每个月都要去一次的，一次待半个多月。坐汽车去，下午走，半夜到，在车上睡到天亮，找厕所洗漱一番，再找个路边摊点站着吃一份鸡蛋饼，约摸时间差不多了，到客户的单位去。

汽车上的驾驶员跟她很熟，每次去都留着副驾驶的位置给她，还为她预备了纯净水和面包。喜欢跟她说话，十几个小时的旅程，总得找话题岔一岔，不然会很沉闷。

我说，这师傅真不错。

她咯咯地笑了起来，有几次，车到台州，要带我下去住旅馆开房间，我都挡回去了。只有一次，我豁出去了，说，去就去吧。

真去了。开了个房间，一人一张床，侃。侃得她哈欠连天，最后，头一歪，睡着了。我也将就着睡了。我醒的时候，她还没醒。我收拾收拾，一个人先走了。后来，她再也不说跟我开房间了。

她很郁闷，说，在车上，侃，为了解闷。到房间里，还侃，就有病了。

我问小力，你在台州，就没有一个相好的？

她说，没有。有时，也想有的。而且有很多机会。那个驾驶员就不在话下了。这里边有几个客户对我很热情，暗示我。我说不行，真的不行。

她说，男人真的没几个好人了。只有我老公是好人。有时候，真想豁出去一回，可一想到老公，就什么心思也没有了。

她说，我家住在一个镇上，好歹也是街上人。可我老公是地地道道的农村人。那时候我在街上，那么多后生追求我，我一个没看好，却看上了他。他在街上的一个车行学徒，很能吃苦的样儿。他家穷啊，1999 年，我第一次去他家，换一套崭新的衣裳，走了几条沟，白鞋变成黑鞋，裤角也都是泥。好不容易才到他家，周围一溜儿的小瓦房，只有他家三间茅草屋。我的心里一冷。都快新世纪了，家里还是茅草屋，家境可想而知。但还是鬼迷心窍，跟上了他。

真的是鬼迷心窍吗？

哪呀，主要是看他实在，肯吃苦，还有个手艺。这手艺帮了大忙了，我们进了县城，他修车，我在外面瞎跑。

小力的事有很多，一时半会儿扯不完。

就说两件事吧，一"头"一"尾"。"头"，是跟她第一次见面，"尾"，是最后一次见面。

先说"头"。后来，她又发了两次短信，跟我要书。我说好吧，你到我班上找某某来拿吧。

我说的某某，是我的一个女同事。我这么做，是不想跟一个陌生女人见面。

她就来拿了。当时，我在另一间办公室里。听到隔壁有人说话，出来看时，她已经拿着书往回走了。长长的走廊里，留下一个背影。身材适中，长发披肩。

我回办公室，问我的女同事，长得什么样？她说，不好说，好像挺凶的。

我的心里一冷。

再说"尾"。因为种种原因，我到另一个城市谋生，一个月才回家一趟。一个人在异地，有时候会想到她。不为别的，是想到她常常抛家别女一个人在外地。我的情形，跟她有点相似了。

一个周末，她突然打电话给我，说就在我这个城市。我说，那好，我请你吃饭吧。她说，是陪老板来，老板来买新车。她顺便来看看我，顺便把我带回去。

我说，好啊，那你带老板一起来吧。

果然，她就带着老板开着新车一起来了。

老板是个矮个子，戴着眼镜，很精明的样儿。握手。到一家小酒店吃饭。

她有点失望，说，没喊几个人来陪我喝酒呀？

我说，你打电话时，已经很迟了，又是周末，喊不到人的。

她说，那就老师陪我喝两杯吧。

那老板不喝酒，只喝"王老吉"。

我这酒量肯定是陪不足她的。我喝一口，她喝一杯。啤酒。

喝着喝着，她半点事没有，我上了两趟卫生间。

这中间，老板上了一趟卫生间。我没当回事。

最后，我嚷着结账的时候，服务员说，那位先生已经结过了。

上车往回走。老板专心开车，她专心说话，我专心听。

她什么都讲，讲初恋，讲她的老公、女儿，等等。

三个小时的路程，就这么过来了。

先到老板家。她先下车，跟老板的一个朋友，张罗着放鞭。我跟老板站在一旁看。

噼噼啪啪的鞭炮声中，老板说，你这个学生跟个男的似的。

又说，我跟她哥是铁哥们，是看她哥的面子，让她在公司里的。

又说，她以前也不能说，到我们公司后就能说了。

我问，为何？

老出差啊，一出差，近途，公司派车，一路上得跟师傅聊，不然师傅会犯困。长途，跟汽车去，也跟驾驶员聊，聊上瘾了。还好酒。一个人在浙江喝，主要是为了解闷，回来也喝，陪客户，很卖力气。

又说，之前，她还跑过一年保险，因为性格内向，不会说话，不喝酒，跑不起来，干不下去了。

我说，你公司真锻炼人啊。

老板笑了，突然问，她是你学生，你们没那个啥吧？

我一愣，说，没有，你是她老板，一般都会那个啥的呀。

我们都笑了。

这时，她过来了，拍着老板的肩说，哥们，走，请我们喝酒去，今晚得喝个通宵！

小 柴

小柴跟我是同学。我们都在江南的一所财经学校毕业。同届不同班。

说起她，我现在的头有点晕，好像站在悬崖绝壁上往下看。

小柴长得胖嘟嘟的，剪头，苹果脸。应该是很阳光的一个女子呀，脸上却常挂着不和谐的忧郁。

她成绩不好，每学期都有几门挂了。学校规定，一学期有三门挂了的，留级。有五门挂了的，退学。

小柴不多不少，总是有两门挂了。

首先是英语，必挂科目。我为什么要叽里呱啦地说英语呢？小柴问自己。我想当一个作家，能看懂汉语就行了，汉语多好啊。

珠算，也是必挂科目。我为什么要噼里啪啦拨弄算盘珠呢？小柴问自己。我想当一个作家，会码汉字就行了。我又不想当会计。

有这两门必挂，其他科目就不能挂了。再挂，就悬了。

为了保证其他科目不挂，小柴活得很辛苦。

其实，其他科目，小柴最少还要挂两门，比如高等数学，比如语文。

她想当作家，语文怎么能挂呢？

这不怪她，怪学校。语文课，教的不是大学语文，而是应用文写作。学校是这么考虑的，财经学校，出去要做会计、当财务科长的，学大学语文有什么用呢？也不是出去当作家。是不是？教点实用的吧。哪个单位不需要应用文写作？比如便条、留言，比如通知、通报。

学校的想法正好跟小柴拧了。小柴真想当一个作家。可学校不能因为小柴想当作家就改上大学语文啊。

小柴很郁闷，自己找来大学语文自学。上语文课的时候，别人听应用文，她在下面学大学语文。所以语文科目就不及格，但分数不是太低，包括数学，五十来分，能往上补一补。英语和珠算，那是差得不能再差了，补不上去了。不挂说不过去啊。

其实，挂了也不算什么。在那个学校，每学期有两门挂的不少，也不算个事儿。开学来补考呗，该吃吃，该喝喝。可她性格内向，不擅言谈，跟很多人都合不到一块去。胆又小，没主见，爱盘个心思。又没个开朗的爱好，调节或释放一下。所以，她郁闷。

她一郁闷，脾气就怪，就没人答理她。我们几个老乡，私下里常常出去聚聚，喝点酒，玩玩。一开始，还带着小柴，后来谁也不愿带了。大家都玩得兴奋，只有小柴很少说话，闷闷不乐的，偶尔说几句，直呛人的肺管子，多扫兴啊，就不带她。不带她，让她知道了，她又会生气。生气就生气吧，反正不带她了。谁如果带她，背地里必定会遭到责备。有一次，我们几个出校园聚餐，正好迎面碰到了她。大家都装作没见到她，扭过头相互说话。我觉得这样不好，对她说，刚才去找你的呢，你没在，正好碰上了，一起去玩玩吧。她点头说，好吧。结果，饭没吃完，她就跟一个同学吵起来，气得摔下筷子跑了。她一跑，老乡们都埋怨我，弄得很不自在。

最后一学期，到珠算协会指定的一个学校去补考珠算。我们很多人把算盘在手里摇得哗啦啦响，兴高采烈，很无畏的样子，仿佛去做一件很光荣的事。只有小柴把算盘夹在腋下，闷闷地走。

我于心不忍，过去劝她，说不要紧的，都能过，学校一般不会卡住谁不毕业的。

她点点头，又摇摇头，说，你别安慰我了，我想得开，听天由命吧。

确实，都毕业了。在这一点上，学校还是很人性化的。

我回苏北，她回了江南。

回去后分在一家银行。还有一个同学叫小苏，跟她在一个单位。小苏混得不错，几年后就混成了领导。小柴呢，就惨了，一直在前台上班，很苦。跟同事关系也弄得很僵。到最后，没人愿意跟她做同事了。

小苏念及同学之情，把她调上来。怕她有压力，给她一个闲差，让她搞搞后勤，管理管理打印机、复印机什么的。

毕业后，我跟小苏还有联系。我还到小苏他们那个城市去过。小苏请我吃饭。我说，不叫一下小柴？小苏说，算了吧，还是咱们兄弟好好唠唠。

我去那个城市三次，一次都没见到小柴。

小苏说，她有精神病。

我说，怎么不治呢？应该让她多休息嘛。

小苏说，没治。谁劝她休息，让她回去治病，她就跟谁翻脸。

小苏还告诉我，她结婚了。男人没什么工作，喜欢舞文弄墨，我们当地的晚报副刊上经常有他风花雪月的东西。说来也怪，小柴跟谁都吵，横眉立目的，可到了这男人跟前，很温柔，判若两人。男人说什么，她做什么。男人有时候发火了，她还哄着男人。真是邪了。

这男人也怪怪的，不爱跟人交往。他除了写写画画，还爱打牌，牌友就固定那么几个。他运气不好，常输。输了钱，就来找小柴。小柴二话不说，立即取钱给他。

小柴说，你们谁也读不懂他。

还说，我喜欢他，我愿意为他付出一切。

还说，我离不开他，他也离不开我的。

那一阵，小柴的性格有所转变，也不跟别人吵了，还主动跟别人说话。

就这样下去，也就罢了。

可在一个午后，小苏忽然打电话来，说，小柴死了，跳楼。

我的脑袋一下子大了，大到存不下那一张很无助的脸。

她为什么要自杀呢？

小苏在电话里叹了一口气，唉，天知道。那天，我上班的时候，还在门口遇到她，点点头，一起上了电梯，也没什么异常。

我问，在电梯里，你们没说什么？

小苏说，没有，没话说，怕说什么惹事。她这人特敏感。结果，上午九点钟的时候，我正在跟一个客户谈事情，就听到一声巨响。我跑到窗口，一眼就见到楼下的空地上趴着一个人。我使劲眨了眨眼睛，院子里一下子冒出很多人，有人喊，不好了，小柴跳楼了！我的脑袋轰的一下，两腿一软，差点坐在地上。我跑到下面一看，果然是小柴。

后来呢？我问。

后来，警方来调查，排除了他杀，确定是自杀。是从十三楼的窗户上跳下去的。

我说，她有恐高症啊，在学校时，我们班组织爬山，她一个人在山下，说一到高处就晕。她怎么敢爬上窗户呢？

是啊，有一次单位组织拓展训练，高空项目她连边都沾，恐高啊。

后来呢？

后来，她的男人来了，给她办理了后事。我们赔了他30多万。按道理不应该赔这么多，可我总觉得难过。这家伙拿着支票到楼下营业厅，说，这么多钱，我也带不走啊，还是存下来吧。我们的柜员说，你还是到别的地方存吧，我头有点晕。

男人就拎着30多万元现金走了，到银行的台阶下面，突然坐下来，抱着钱，"哇啦哇啦"地哭起来。

李二哥

李二哥在"金帝"浴城擦背。在高雅间浴池，10 块钱一个背，老板得六成，他得四成。

他本来踏三轮。那活计规矩多，老被交警、城管吆来喝去，挣的不够罚的。再说，太累人。夏天，脸上被太阳烤出油来；冬天，又被北风割出血道来。还是擦背好，风吹不着，雨淋不着，日头晒不着。甭说你是交警、城管，就是县长、书记，到这儿都光溜溜的，赤诚相见。

还省了洗澡的钱。

我到"金帝"浴城洗澡，是因为朋友送了我一张贵宾卡，洗一年不要钱。这很好。不要钱，就多来几趟呗。后来发现，来多了其实是不合算的。洗澡是不要钱的，可擦背、做脚、推拿，哪一样都得要钱，而且价格不菲。再说，既然到了这高档场所，不消费也说不过去呀。

人活着，就是一种感觉嘛。感觉好，什么都无所谓了。

一下池子，就有人招呼：胡老师好。我回头一看，见一人赤赤条条地跟我笑。拍拍脑袋，还是想不起来这人是谁。他说，我在新华书店买过你的书，真有意思。

原来如此。我出过一本书，出版社让自销五百册。我请新华书店的一个哥们搁在他的柜台上零卖。一个月，卖出二十三本。一打听，买书的大

少年梦·青春梦·中国梦——中国故事
［邓洪卫］ 春天送你一首诗

都是一些很少联系的同学。他们觉得好奇。同学中升官发财的不少，写书的只有一个。他们想看看，老同学到底写的什么玩意儿，没想到，没想到，这二十三本中，还有一个擦背的读者。我很欣慰呀。

我说："你贵姓？"

"好说，姓李，行二，都叫我李二。"他说。

泡了一刻钟，就站起来。李二哥麻溜提一桶水，哗啦，冲了一张擦背床，垫上湿毛巾。我四仰八叉地就躺那儿了。

李二哥在手上裹好毛巾，啪啪，拍了两下，意思说，我开始了，你可稳住啦。

他擦得很细，很有章法。看上去没用多大力气，灰条儿却顺着毛巾虫子样滚落。

嘴还不闲着。往下一推，他说叫"挥师南下"；往回一捎，他说叫"班师回朝"；左边一摆，他说叫"驾幸东宫"；右边一晃，他说叫"巡幸西院"。

先上后下，先胸后背，先臂后腿，手指脚丫，都擦得清清爽爽。末了，还要从头上到背部，敲击一会儿，他说叫"张飞击鼓"。

我问，怎么叫"张飞击鼓"呢？

他说，你没看过《三国》吗？古城会，关张弟兄相会，张飞觉得关公已投曹操，此行必定有诈。正好蔡阳领兵杀来。张飞要关公在三通鼓内斩杀蔡阳，他才相信。张飞亲自击鼓，三通鼓毕，关公已将蔡阳的白首提上城来。

说着，他情不自禁地唱起来：

> 城楼上助你三通鼓，
> 十面旌旗壮壮威严。
> 哗啦啦打罢了头通鼓，
> 关二爷提刀跨雕鞍。
> 哗啦啦打罢了二通鼓，

人有精神马又欢。

哗啦啦打罢了三通鼓，

蔡阳的人头落在马前。

还别说，真有那么些味道。

我哈哈大笑。他也哈哈大笑，说："人嘛，就要活出个乐子来，再苦再累，也要乐呵。"

那以后，我每次来，都要李二哥擦背，听他没边际地"砍空"。"砍空"，是咱们响水河人的土语，扔斧头砸天，砍空，瞎扯呗。

他说："某局的那个郎局长你知道吗？"

我说："知道。"

他说："那家伙，腐败呀。每次来，都要到这楼上潇洒一番，他们单位每年至少10万块被他潇洒了。"

我说："别乱说，你在下面，怎么知道他在上面潇洒呢？"

他拍胸脯，嘭嘭的，"绝对错不了。"又俯下身，压低声音说，"我老婆就在上面做脚，什么事儿都清楚。"

说起他老婆，他的精神头更足了。"嘿呀，我老婆，那太漂亮了呀。比那些小姐都漂亮。只是命苦呀，没个工作。只好到女浴室擦背，一个背3块钱，老板得二，她得一，太少了。再说，她体质也不行，受不了澡堂里那蒸汽。有一回，替一个少妇擦背，晕了，对着墙擦了半天。没办法，她只好学做脚。她太灵巧了，不到半个月，手艺就熟了。比老做脚的老娘们都厉害，啧啧！"

他说："你别认为她在上面会学坏。不会的！她呀，烈性着呢！有人故意往她身上蹭。我老婆呢，柳眉倒竖，杏眼圆睁，把修脚刀在腿面的那块布上，噌噌，来回划拉两下，又在那家伙的眼前这么一晃，好家伙，修脚刀寒光闪闪，夺人二目。那些家伙一缩脖子，立马老实了。"

"小样儿，整不死你。"他学着赵本山的口音说。

他这评书加小品的一番"砍"，"砍"得我哈哈大笑。

"砍"完他自己，又开始"砍"我。"你呀，这么大的学问，还在这小县城混个小办事员，真可惜了。要我说，树挪死，人挪活，干脆，远走高飞得了。"

　　我说："我也寻思过，可总觉得迈不开这一步。"

　　"有啥迈不开的，当年，我离开厂子，踏三轮，又改行擦背，不也是一跺脚、一狠心的事儿吗？别犹豫了，迈一步吧。"

　　一抖手，啪啪，毛巾拍得山响。

　　那天晚上，我回到家里，满脑子都是李二哥的话，"迈一步吧"。我"霍"地坐起来，打了一个电话。

　　不久，我递了辞职书，应聘到省城一个大企业做了企划部经理。

　　两个月后，我回来办一个手续，特地到"金帝"洗个澡，却没有发现李二哥。一问，他的一个同事说："他呀，这辈子再也不能给你擦背喽。一个月前，夜里下班回家，钻进一辆大卡车底下，当时就没气了。"

　　我问："他的老婆还在这儿做脚吗？"

　　那人说："你别听他瞎砍空，他的老婆，几年前就跟人跑了。他是恋着楼上做脚的刘三姐，可是，不久前，刘三姐那跑了多年的丈夫回来了。他算彻底没戏了。"

　　浴池里蒸汽缭绕，人体晃动。

　　真实和虚幻就这样梦一样地交织在一起。

庄保四寻妻

　　庄保四要到海城寻他的妻子。因为他收到一封信。他以为是老婆菊花来的。刚结婚两个月，菊花就到海城打工了，至今一年多没回来。庄保四很急切地打开信，却发现自己错了。信上斩头截尾一句话：菊花在海城给别人下崽！字不多，可对庄保四来说，每个字都像一柄榔头在他的脑袋上猛夯一下。一共十个字，庄保四的脑袋被夯了十下。夯得他脑袋里像飞进无数只小虫子，嗡嗡扬扬的。

　　给别人下崽，怎么可以呢？我的老婆呀！

　　我得把她先找回来，然后，狠揍一顿，这臭娘们！

　　庄保四就锁了茅草屋，渡过响水河，到几千里外的海城寻妻来了。

　　一进海城，庄保四就捡到了一只黑包。包里面除了银行卡和 5 万块现金外，还有一沓名片。名片上印着某某公司总经理丁哥。庄保四想，这钱不是自己的，不能要。他根据名片上的地址找到丁哥。丁哥拍了拍他的肩膀，说："你留下，做我的保安吧。"

　　丁哥将庄保四带到一个别墅。楼上下来一个年轻女人，光光鲜鲜，跟电视上的女人一样，只是肚子微凸，像是怀着崽。丁哥对那女人说："这是我表哥，庄哥。以后，他就住你楼下，你有什么事可以通过他跟我说。"

　　庄保四就在这座别墅住下来，成了这别墅的专职保安。

后来，庄保四知道，女人叫小美，是丁哥相好的，城里叫"二奶"。丁哥是个有老婆的人，丁哥想要个男孩，可老婆很不争气，给他生了个丫头。丁哥就瞒着老婆用8万元包养了小美，让小美给他生男孩。小美已经怀孕了。让中医把了脉，西医B了超，都说是男孩。丁哥高兴坏了，先付了小美4万，另外4万等孩子生下来再给。小美说，一个人住这么宽敞的房子有点空，晚上害怕，失眠，怕对孩子不好。丁哥可不能陪她，丁哥忙，还要对付老婆。丁哥就将庄保四接了过来。丁哥很信任庄保四。丁哥还说："如果一旦有人，特别是女人来问，就说你们是两口子。"

　　并没见哪个女人来问，庄保四落个轻闲。白天，庄保四就在海城转悠，寻找菊花。有时，也跟小美聊天。小美说，难哪！家里兄弟多，都没讨上媳妇。左右邻居都盖了楼，中间凹着她家的草屋。庄保四也将自己寻妻的事说了。小美说："我可以帮你找，不过，得等我生完儿子。"

　　丁哥每周来过一回夜。庄保四听到楼上传来两人的嬉笑声，心中黯然。一想到菊花给别人下崽儿，庄保四心如刀剁。

　　那天夜里，庄保四想菊花，很晚才迷迷糊糊睡着。一睡着，菊花就走进了他的梦。菊花瘦了，面色也白淡淡的。菊花将一沓钱放在他手上说："现在我们可以回家盖房了，盖了房子，剩下的钱再做点生意。"菊花还说，"生孩子真痛呀。"菊花就捂着肚子，口里发出痛的声音，"哼哟，啊，啊，哼哟。"庄保四以为菊花是装出来的，不提防菊花却倒在地上打起滚来。庄保四一惊，就醒了。但梦里的那痛苦的声音还在屋里回荡。真的有人在叫呢。是楼上的小美在叫。庄保四披衣上了楼，果然见小美躺在地板上抱着肚子痛苦地叫唤。而且地板上还有鲜红的血迹。庄保四吓坏了，赶紧打丁哥的手机，丁哥却关机了。这时，小美已经痛得昏迷过去。庄保四赶紧抱起小美，下了楼，向医院一路狂奔。

　　经过一夜的忙乎，小美生了，却是个女孩。医生说，幸亏送得早，不然，母子都很危险。丁哥赶到医院，眉头一下子拧紧了。庄保四的心也拧成了疙瘩，他想到了菊花，不知道现在菊花是否也生了，男的，女的？

　　一个月后，丁哥寒着脸将小美母女从医院接到了别墅。楼上高一声低一声地吵起来。庄保四听清楚了。原来，丁哥让小美将孩子送人，并且，拒付剩下的 4 万块钱。小美说，钱我不要了，可这孩子也是你的骨血，怎么可以送人呢？丁哥说，送了人，你再给我生个男孩，我可以多给你钱。小美说，不将女儿送人，我照样可以给你生男孩呀。丁哥说，留她在这儿，多花钱，又不吉利！

丁哥气哼哼地走了，留下小美抱着女儿在楼上号哭，直到半夜还不住腔。庄保四上楼劝说，劝到天亮也没把小美的哭声劝下去。最后，庄保四也哭了。

庄保四想起了菊花。

庄保四说："老婆呀你在哪里呀，呜呜。"

"你为什么不给我生儿子去给别人生儿子呀，呜呜。"

"如果你生了闺女就带回来咱们养活呀，呜呜。"

小美将泪脸从被子上抬起来，定定地看着庄保四，忽然歪身倒在他的怀里，哭得更欢了。

小美说："保四，你别再找老婆了，呜呜。"

"我就做你老婆，我要给你生个儿子，呜呜。"

"让姓丁的断子绝孙，呜呜。"

……两天后，庄保四领着小美母女渡过了响水河，走进离开快一年的村庄。一路上，庄保四跟村人招呼着。村人也跟他招呼着，可眼神都有些异样。庄保四找不到家了。他家原本的草屋已经不见了，取而代之的是两层漂亮的小楼。阳台上晾晒着花花绿绿的衣服和被单。一个女人的面容正从这花花绿绿中浮出，将目光向这边放过来。

跟王大丫一样

那时候呢，我还小，不到一周岁吧，我母亲抱着我到邻居程二婶家串门儿。前脚刚进门，后脚又跟来一个女人，叫张大脚，也抱着小孩，是个女娃。大家坐下扯闲。扯着扯着，忽然，程二婶说话了。程二婶是看着我和那个女娃说话的。程二婶说，真是天生的一对呢。随着程二婶的话音，我一咧嘴儿，笑了。那女娃儿呢，也一咧嘴儿笑了。于是，屋里的人都笑了。笑着笑着，张大脚不笑了，因为她觉得腿面上热乎乎的，抱开一看，原来是她女儿尿了。还没完呢，哩哩啦啦，淋了她满鞋儿。这事儿呢，我都看着了，听着了。可我那时不记事儿，具体细节都是后来听大人讲的。这事儿呢，就像是树上的叶儿，随风一抖，啪啪，在空中飘了几下，就不见了。可谁也没想到多年以后，有人会把它捡起来，在手中抖落抖落，抖出一篇文章来。

这时间过得快呢，我们这里叫"一靠下子"。怎么个一靠下子呢？您想呀，两个东西，靠着了，不就是一瞬间吗？所以叫"一靠下子"。那么，一靠下子，就"靠"过了十来年。这一天，王大嘴到我们家来了。王大嘴是谁呢？就是张大脚的丈夫、王大丫的父亲。王大丫是谁呢？就是当年在程二婶家尿尿的那个女娃呀。王大嘴来，还叫来了程二婶。王大嘴说："他二婶，你说句公道话，那天是不是你做的媒？"你说："二品和大丫是天生一对呢，对不对？"程二婶说："对呀，可那不是扯闲吗？"王大嘴拧眉瞪眼，说："什么话？婚姻大事，岂同儿戏？你可是大媒人呀，吐口唾沫都是钉子，咋能赖呢？赖不掉的，大丫就是胡家的人了。"王大嘴撂下话就走了。这景儿呢，我没有看到，都是听别人讲的。那天放学，走在村路上，就有人对着我乐，说，王大丫要做你的媳妇儿呢。说，真是天生的一对呢。说，嘻嘻，嘻嘻，嘻嘻嘻。

后来，我就琢磨，王大嘴怎的会把那片飘散的树叶又给捡起来了呢？琢磨来琢磨去，琢磨出三条理由来。第一呢，我家新盖了三间大瓦房，这在当时清一色茅草屋的村里，绝对是个亮点。也许王大嘴想，女儿一嫁过去，就能住上大瓦房，几世都修不来的福呀。这第二呢，我会讲古，当时我才十来岁，讲古却是全村乃至全乡闻名，"三列国"、"前后汉"、"金枪盗马"、"精忠岳传"都能说上两口。王大嘴呢，偏偏也喜欢讲古。没事的时候，总让我到他家里去，谈古。这第三呀，就是我这长相，挺标致的。熟悉我的人听了，可能会哈哈大笑，可我说的是真的。那时的我，用讲古的词儿，叫啥？"天庭饱满"，"地阁方圆"。用王大嘴的话说，有富贵相，能有大出息呢。当然，现在，我长走样了，又矮又胖，那可是当时谁也不能预料的事儿。

王大嘴要将王大丫说给我做媳妇儿，这件事儿，我是不好发表意见的。但从心里头，还是愿意的，因为我早就对王大丫有点小朦胧的好感。后来呢，程二婶又到我家密谈了几次，她大概是受了王大嘴的好处了，尽量把话往好里说。于是，我的母亲首先点了头，认下了这门亲事。我父亲呢？也勉强点了头。但是，看得出，他心怀疑虑。他说，如果二品考上大学，可怎的是好？父亲的话显然切中要害。是啊，那王大丫虽然长相喜人，可脑袋却是木头的，吃不进书，辍学了。母亲也觉得有理，但，她说，到那时，就把亲事回了，王大嘴也不会有意见的。

后来呢，我就真的考上大学了。我接到大学录取通知书的那天，村里好多人都到我们家来贺喜，只有王大嘴没来。父亲说，该把这门亲事回了。解铃还须系铃人，父亲就让程二婶去说。还算顺溜，程二婶回来说，好了，王大嘴没话说，还向二品贺喜呢。我们一家松了口气。可这时候，王大丫出现了。

王大丫是在那个午后出现的。是夏天呀，天气十分燠热，热得像啥呢？像蒸笼似的，何况，又是午后呢。王大丫刺耳的声音从她家里像太阳一样刺出来，一路刺到门前的水塘边。那个午后，一下子出现了两个太阳呀。一个是在天上，一个在地上。天上的那个太阳，泼辣辣的，像蛇一样吐着毒信儿，地上这个太阳，也泼辣辣的，像蛇一样吐着毒信儿。人们都贴在门后，或窗根后面，带着一种渴求，一种快意，仔细听。那时候，我也贴着我家大瓦房的后窗根听。我家的大瓦房正对着水塘，听得真真切切。王大丫骂什么呢？王大丫骂，你妈妈的不就是考上个破大学吗？哪个稀罕！王大丫骂，你妈妈的不就将来要端公家饭碗吗？哪个稀罕！王大丫骂，你妈妈的不就是想娶一个城里女人吗？你就是娶了县长闺女，哪个稀罕……

王大丫骂，骂得热火朝天，将这个夏天的火热推向高潮。听着她的骂，我在心里说，你妈妈的幸亏不是我的女人，如果是我的女人，我还不受死呀！我听到外面屋里父亲和母亲在争吵，母亲说，凭什么让她这般毒骂，我去说说理。父亲拉住母亲说，算了算了，让她骂去吧，这一骂，就算两清了！

这事呢，一靠下子，就过去许多年了。这许多年里，我在城里上班，托乡村女人王大丫的骂福，我还真一不小心娶了县长闺女。我官运亨通，很快做了某局局长。工作之余，我会偷偷找一些貌美女子开开心。这一天，我很自信地对一个貌美女子做了一个小动作，没想到那女子"啪"地翻了脸，说："靠，你以为你是个破局长就想干啥干啥！"拂袖而去。我看着她远去的背影，心里嘀咕，靠，城里女子，怎的一点修养没有，跟王大丫一样！

烧　鸡

　　张发醒来时，老婆李兰花已不在身边。他就又懒懒地眯上眼睛，脑袋里像进了一条鱼，忽左忽右，忽上忽下，毫无章法地摇来摆去。

　　此时的张发，当然不会意识到正有一层晦气向他安详的脸上笼罩而来。

　　张发脑袋里的那条鱼游到三年前。三年前的那个夏天，张发的世界里雨水泛滥。他本来在一家纺织厂上班，好好的，就下岗了。那段时间，他又气又急。气的是老婆李兰花。李兰花以前对他都是畏畏葸葸，像妃子侍奉皇上一样。张发爱喝酒，喝完酒就爱折腾，老婆从没有抗过他的旨意。可那段时间李兰花变得不再温顺，经常抗旨不遵。急是为儿子张兵，张兵在县中念高中，正是长身体、夯基础的时候，要钱呀！张发好生困窘。

　　绝处逢生。忽地想起自己父亲曾接济过一个安徽人。听说这个安徽人现在做起了烧鸡的生意，何不投奔他去？张发就去了安徽，三个月后回来，用自己的下岗补助费，开起了烧鸡店。张发的烧鸡皮色鲜亮，香味扑鼻。吃一口，质感酥嫩，鲜美醇厚。张发烧鸡店很快成了水城的品牌。三年来，张发身价大增，在外面，从"张师傅"忽悠一下成"张老板"了；在家里，他又可以随心所欲地喝酒，任性折腾李兰花了。

　　想及此处，张发老板的脸上漾着满足的笑。

少年梦·青春梦·中国梦——中国故事
[邓洪卫] 春天送你一首诗

更让张发满足的是，儿子张兵考上了北方的一所大学。昨天上午，录取通知书来了。录取通知书上除要求张兵某月某日之前到校报到外，还留下一串阿拉伯数字，那是银行账号。张发看着那串银行账号，不由呵呵一笑。要在三年前，他一定会一筹莫展，可现在难不倒他。当天下午，张发就亲自到银行将钱打了出去。不知为什么，在银行里，张发的眼前老晃动着三年前下岗时的窘相。张发没有念过书，不知道"塞翁失马"的典故，但他的头脑里晃悠的确实是"祸兮福之所倚，福兮祸之所伏"的哲学思想。

回到家里，张发就喝开了酒。从七点钟到夜里十一点，张发把自己灌得找不着东南西北，至于怎么挨上的床，怎么折腾李兰花，他自己也记不清了。

张发做了个梦，梦见儿子大学毕业了，他拿出所有的积蓄为儿子找到了好工作，还为儿子买了一套房子。

想到这个梦，张发的心像抹了蜜，甜透了。

张发就在甜甜的心绪中推被而起。此时，有一股焦煳的味道从窗外袭入他的鼻孔。这刺激性的味道跟张发此时的心境很不协调。张发的眉头像几股绳子拧起来，他趿着拖鞋，两腿移向屋外。

张发不知道，他的双脚正移向一个灾难。

那时，天刚蒙蒙亮。院子里支着一口大锅，灶膛里的火旺旺的，像舌头样贪婪地舔着锅底。锅里，卤汤翻滚，在油锅里炸得金黄的鸡们正在里面沉沉浮浮。院墙的绳上还挂着许多杀好的鸡。这些鸡无一不是将鸡爪插入腹内，鸡头别在翅膀下，那种隐头藏足、鼓腹撅腚的姿势显得十分滑稽。而焦煳味显然不是从这些地方传来的。张发将目光放在墙角的那口大油锅里，他几步走到跟前，看到油锅里有几只鸡已经被炸成灰黑色。而院里空无一人。

奶奶的，死哪儿去了！张发心中的怒火跟灶膛里的柴火一样，旺旺腾腾地烧起来。

老婆李兰花就在这时候提着裤子从外面匆匆跑进来。她的脸显得疲倦而灰暗。她并未答理张发，径自来到墙角的大油锅前，操起漏勺，迅速地将锅里的几只鸡捞起。

张发抢过去，说，死哪儿去了？没闻到鸡炸糊了吗？

李兰花头都没抬地说，哪里就糊了，一样能卖嘛。

李兰花的漠然在张发的心里更浇了一勺油。张发火撞顶梁。

闭上你的臭嘴，你这是砸我辛辛苦苦立起来的牌子。张发叫。

李兰花并没有闭上她的臭嘴，而是跟吃错药似的回了一句，卖烧鸡的，有什么破牌子！

张发别无选择，能让老婆闭住臭嘴的唯一办法就是武力了。他操起一根棍子向李兰花劈面打来。李兰花侧身一闪，顺手接过那根棍子，稍一用力就抢了过来。这出乎张发的意料。问题是李兰花并没有停止动作，而是反手对着张发就是一棍。张发猝不及防，实实在在挨了一下。张发大怒，叫，反了，反了。操起脚下杀鸡的菜刀，向李兰花砍去。李兰花回身便跑。张发持刀在后面撵鸡样地赶。张发太专注于愤怒了，根本没有提防脚下有一堆鸡的内脏，"哧溜"仰叉在地，刀也脱开手去。李兰花抓住战机，回身，抢棍胖揍。揍得张发只得用膀子挡棍，不得还手。

就在这时，张发发现门框处立着一个人影，正是儿子·张兵。

兵子，兵子。张发死命地叫唤。

张兵稍一犹豫，便冲过来。李兰花也住了手，目光落在张兵的身上。

躺在地上的张发等待着张兵将他搀扶起来，张兵却从地上捡起刀，跟杀鸡一样，麻利地抹向张发的脖颈。

张发听到自己的喉咙被割开的声音。有血汩汩流出。

1983，上南京

1983 年的那个黄昏，我背着书包走出小学五年级的教室。我看到班主任周老师站在办公室的门前向我招手。于是，我上南京的梦就在那个黄昏像美丽的彩霞，在天边铺展开来。

周老师说，我们班已经被省教委评上十佳少先队，将有一个队员代表在这个暑假到南京参加颁奖仪式，我想，你是最合适的人选。

接着，周老师说明了让我去的理由：因为代表去南京要向与会人员介绍经验，交流心得，回来还要到全县小学演讲。考虑到你写作能力强，口才也好，我想让你去。但是——周老师用他特有的重音开始转折——但是，这必须得全体队员统一投票产生，所以，你应该树立在班里的威信。平常你已经做得很好，现在只需要添上一把柴、烧一把火就可以了。

周老师喝了一口水，又说，这火怎么烧法呢？这不要你操心，我已经为你策划了一个具体方案，你只需贯彻执行就妥了。

周老师为我策划的"烧火"方案是这样的：我们村有一个叫张铁嘴的人，爱讲一些旧故事。周老师让我在他讲故事的时候，挺身而出，义正词严地斥责他这种散播封建思想的坏行为。然后，我自告奋勇给大家讲一个民族英雄的故事。这故事由我选择，或者岳飞大战金兀术，或者戚继光抗击倭寇，或者郑成功收复台湾，等等。我做完这些，下面的文章就由周老师来做。周老师将这事写一篇文章投到报社和广播站，争取在全乡甚至全县树立一个少年先锋典型。那时候，派我去南京是顺理成章的事。周老师最后还强调说，时间很紧，你要抓紧办。

那天，我唱着《让我们荡起双桨》走出校园，走上了通往我家三间小草屋的乡村小路。我边唱边挥舞着胳膊作荡桨状，仿佛要荡到南京去。我的歌声混合着农作物的气息在田野里飘荡，三两只麻雀从麦田里飞出跟我一起叽叽喳喳地唱。唱着唱着我停了下来，因为我忽然想起周老师没有让我唱歌，而我要讲一个故事。我环顾四周，没有人影，只有一望无际的麦子在我的两厢垂手而立。面对此景，我突然生出万丈豪情，这广袤的田野就是剧场，而无垠的麦子就是我的听众。于是，我端起膀子，放开嗓子，学着刘兰芳，来了一段"岳飞大战金兀术"。麦子发出沙沙的声音，仿佛在为我的精彩演出鼓掌。我转身向后看，这条小路通往我的学校，学校的北面是一条街，街的尽头是一条宽阔得能并排走五头牛的马路，那条马路直通我曾经魂萦梦绕，而不久将成为现实的南京。那时我从课本上知道南京有雨花台，雨花台上有雨花石。于是，我就觉得南京的地上没有泥土，而是铺满密密麻麻的颜色各异的雨花石。到那里，就可以尽情地捡雨花石。我的眼前不再是麦田，而是彩石飞扬。我的感觉好极了，真是好极了！

现在，我有必要向您介绍一下我们的班主任周大明老师。你想象不出我们多么佩服他。我们佩服的倒不是他教学水平多高，而是他点子多。我们在背地里给他起了许多外号，什么"赛诸葛"、"小子房"，总之，将古典小说中机智人物都用上了。他经常给我们布置一些"课外作业"，比如让我们每星期交上几只老鼠尾巴，或带两本小人书捐给边远地区的小学生，等等。而不久，这些好人好事总会通过各种媒体传得家喻户晓。要不，我们班也不会获得全省十佳少先中队，您说是不是？

可让我失望的是，那几天，张铁嘴的家门一直紧闭着。一打听，原来，他上城里的儿子家去了。我火急火燎地把情况向周老师作了汇报，周老师让我别着急，耐心等待。

张铁嘴终于在我焦急的期待中出现了，并且在当天晚上坐在门前的老槐树下摇着蒲扇讲古。他的前后左右围满了人，聚精会神地听。我也混在其中。那天他讲的是一个叫"墙头马上"的故事。当他讲到马上的书生与墙头上的小姐暗送秋波时，我"腾"地站了起来，大喝一声："呔！"下面的话应该是"张铁嘴休要胡言，少要张狂，某家来也！"但这句话没好意思说出口，我只是开门见山地说："大家不要听他散播封建思想，我给大家说一段岳飞大战金兀术。"然后，我便自顾自说了起来。正说着，一双有力大手从后面拎起了我的耳朵，将我拎出人群，拎到家中，扔在床上。我知道那是我的父亲。

　　很快，这件事经过周老师的艺术加工，在广播上播了，在报纸上报了。在班会上，我以全票当选为赴南京开会的代表。

　　但我最终没有去南京开会，原因是会议因故延期了。而我因表现突出直接升了初中，其他同学跟着周老师上了六年级。

　　那个会议终于在1983年的十月份在南京召开了，周老师让一个女生去南京参加了会议。那个女生回来后，周老师又张罗了一个报告会，我作为功臣列席会议。听那个女生声情并茂地讲述着她的南京之行，我的心里酸溜溜的。

　　六年后，我考入了一所离南京很近的大学。一个周末，我跟一个南京的女生一起去了那个向往已久的城市。在车上，我动情地向那女生讲着1983的南京之梦。那个女生掩着嘴吃吃地笑着，将嘴里的瓜子壳吐了一地。她说："在你做着南京梦的时候，我已经在那个城市居住了十二个年头了，那时，我的心里时时刻刻想往外面飞。"

　　我的心在颤抖：原来，一个人为之奋斗了几年几十年甚至一生的目标，竟只是另一个人的起点呀。

1986，逃跑

　　1986 年的夏天，我考上了县一中。由于我基础薄弱，考上县中的又都是各校的一些尖子生，所以，我的成绩怎么也跟不上。我对学习产生了前所未有的恐惧和厌倦。

　　那天，同桌蔡小毛虫对我说，太没意思了，成天做不完的题，考不完的试，三十六计，咱们"走为上"吧。我在心里压抑多时的情绪一下子被调动起来，我说，走！

　　往哪儿走呢？蔡小毛虫说，走得越远越好，往新疆吧。我说，不行，新疆太远，语言又不通。蔡小毛虫又说，要不，上东北，东北人豪爽热情。我说，不行，东北太冷，你没看电视上，东北都冰天雪地，咱们又没钱买皮袄，非得冻死不可。蔡小毛虫说，你说往哪儿走呢？我说，往海南吧，海南天气好，还可以看到大海。蔡小毛虫说，好，上海南。

　　这时，丁大头凑过来说，我也想走。原来，丁大头给女同学写了一封情书，被他父亲发现了，他父亲很生气，搧了他两耳光。丁大头说，歌德都说了，哪个少男不善钟情，哪个少女不善怀春，他老丁凭什么遏制我的情感，我跟你们一起上海南创业去。

　　既然目标业已明确，就赶紧筹措经费吧。当时，我住在二叔的家里。平时已经够麻烦二叔的了，现在怎么好意思跟二叔要钱？丁大头说，钱的事不用你们动心思，我能想办法。原来，他有几个哥们儿没考上高中，进了厂，手里有钱。果然，他从那几个哥们那儿借了200来块钱。

一切准备就绪，就等这个星期天一到就挥师南下。我们打算先乘汽车到上海。蔡小毛虫的表哥在上海的一家农行上班，到他那儿可以筹到一些钱。然后，我们再从上海乘火车往广州，由广州乘船往海南。

星期六下午，我从学校回到二叔家，躲在房间里开始收拾东西。其实，也没什么好收拾的，几件换洗的衣服，剩下的都是书。那时，我已经买了不少书，都是一些中外名著，还有名人传记。我想，别的东西都可落下，书是万万不能落下，书是人类最宝贵的财富！当我将一本本书整整齐齐地塞入纸箱时，我的心里突然冒出些许伤感。这些书都是我的老朋友了，特别是那本《三国演义》。这本书是我上小学四年级时捡了一个暑假的废品才买到的。初中三年，我几乎每天晚上都要读一段《三国演义》。此番南下，少不了受苦受难，我受苦受难也罢了，却要害得我这些老朋友跟我一起颠簸流浪。想着想着，不由得眼圈发红。

第二天，天还没亮，我就拎着两大箱书还有一小袋衣服上路了。当我气喘吁吁地到了汽车站，我看到蔡小毛虫正在那里焦急地张望。蔡小毛虫皱了皱眉，说，你怎么带这么多东西？我说，都是书。蔡小毛虫说，带书有什么用？我说，孔子周游列国，带了几大箱书呢。蔡小毛虫说，我们是逃跑，应该轻装前进。

去上海的汽车已经要开了，还没见丁大头的影子。蔡小毛虫拧紧眉头，说，真不该答应带他。我说，不等他了，走！我们坐上了汽车。

车开得很慢，下午三点多钟，才到上海。好不容易才找到他表哥家。蔡小毛虫谎称我们到上海来，是参加明天《少年文艺》杂志社举办的一个中学生笔会。表哥信以为真，说，真看不出来，一对小作家呢。

当天晚上，表哥还带我们到一家饭店里庆贺一下，我俩已经一天没吃饭，早饿得头昏眼花，面对丰盛的菜肴，我们没有一丝小作家的风度，风卷残云，狼吞虎咽，吃得肚子鼓鼓的，一个劲地打饱嗝。

晚上，蔡小毛虫对他表哥说，开会要交200块钱费用，临走时匆忙，忘了带。他表哥慷慨地给了他100块。

第二天一早，我们谎称要到杂志社报到，便告别了他表哥，直奔火车站。

我们买了票。火车九点才能开。蔡小毛虫买了两块面包和一瓶矿泉水，我们坐在候车室狼吞虎咽吃了起来。

我们低着头一边很香甜地啃着面包，一边憧憬着不再遥远的海南生活。我们没有注意到蔡小毛虫的表哥带着我的班主任老秦和我的二叔、蔡小毛虫的父亲正向这边急急赶来。我们直到眼前同时出现几双熟悉的皮鞋，才疑惑地抬起头来。我和蔡小毛虫在心里同时叫了一声：完了。手里的面包软软地落在地上……

问题出在丁大头的身上。那天早上，丁大头起床给他父母写了一封信。结果，他刚写了一半，便被他父亲发现了。经过一番审讯，软骨头的丁大头招了供。丁大头的父亲觉得事关重大，立刻带着丁大头到了汽车站。那时，去上海的汽车已经开走多时了。

丁大头的父亲找到我们的班主任老秦，老秦找来蔡小毛虫的父亲和我的二叔，他们决定立即乘车去上海。他们到上海时，已是深夜。第二天早上，才找到蔡小毛虫的表哥家。他的表哥说，他们刚走，准是去了火车站。于是，他们到火车站，把我们逮个正着。

1986年的逃跑就这样破产了。多年以后，我念了大学。班上正好有一个海南的女生。我告诉她，1986年的秋天，我差一点就到了你们海南。那女生问，是到海南旅游吗？我说，不是旅游，是逃跑。

1987，初恋

1987 年，我读高二。我的心里忽然起了微妙的变化。

我的变化首先被蔡小毛虫看出来了。蔡小毛虫真是只小毛虫，一个劲儿地往别人的心里钻。蔡小毛虫悄声对我说，你这阵有点不对劲呀，是不是爱上哪个小妞啦？

见我没言语，蔡小毛虫又说，是爱上胡小月了吧！

蔡小毛虫的感觉是灵敏的，我真的爱上胡小月了。爱上胡小月缘于前不久班级举办的国庆晚会，文娱委员胡小月以她优雅的舞姿和甜美的歌喉倾倒了我。我来自农村，我对城里的女生一直持一种偏见，认为城里的女生娇气、做作、孤芳自赏。可是，胡小月以她的典雅大方和多才多艺，将我可笑的偏见无情地击溃。

蔡小毛虫说，喜欢胡小月的人多着呢，哪轮得到你？

蔡小毛虫的话是对的，确实已经有好多双眼睛盯上胡小月了。其中有几位还颇具实力，是县里主要人物的公子。我一个乡下子弟，希望是何其渺茫呀。可我不甘心，我决定主动出击。那时，我已经熟读罗贯中先生的《三国演义》，我决定用一回计了。

首先，我观察到胡小月喜欢电影，而且还订了全年的《大众电影》。我想，我应该想办法跟她接近，赢得她的好感，然后，跟她借《大众电影》看，营造出兴趣相投的氛围，然后约她看场电影，岂不大事就矣。

那天下了晚自习，我跟着胡小月走到车棚。胡小月将她的自行车拖了出来，我也拖出我的自行车。我正要踏上车，就听胡小月轻轻地叫了一声"糟了"。我问，怎么啦？胡小月说，车链不知怎么掉了。我装作很有男子汉气概地说，不要紧，不就是掉链了吗？我帮你上一下吧。我俯下身去，摆弄了半天，弄得满手油污，才上好链子。我们没有骑车，而是推着车往回走。到了校门口，胡小月还跑到小店里买来两瓶矿泉水。

胡小月的家住在党校大院，她的父亲是党校教师。到党校门口的时候，我说，能借本《大众电影》给我看一看吗？

胡小月说，那你在这里等一下。

看着胡小月的背影拐进了院子，我的心里甭提多高兴啦。可能是水喝多了的缘故，我感到腹下有点鼓胀。我看到旁边有一颗白杨树，便走过去对着树尿起来。忽然，我发现树后有一个黑影。我一惊，拧起裤子，定睛细瞧，好像是蔡小毛虫。我正要说话，听见院内有脚步响，赶紧回到门口。

胡小月将书放到我的手里。我说，怎么这么厚呢？胡小月说，是合订本，你慢慢看，看完了，我再拿新的。胡小月说完就回去了。我到白杨树后面一看，那个黑影已经不见了。

那时候，我住在我二叔的家里。二叔在县检察院上班。晚上，我在二叔的家里，将《大众电影》合订本翻了一遍又一遍。

几天后，我将书带到学校，放在抽屉里，准备下晚自习时找机会将书交给胡小月。可是下晚自习，我打开抽屉，发现那本书不见了。

我急得不得了，悄悄问胡小月，书是你拿去的吗？胡小月说，我怎么能到你抽屉里去拿书呢？我分明看到了胡小月的眼神里掠过一丝不快。胡小月最喜欢《大众电影》了，她把这本书借给我，是对我多大的信任啊。可是，我却把它弄丢了。更让我难以启齿的是，我在书里还夹了一封信，信上只有一句话：小月，星期六晚上，我请你看电影好吗？信里还夹着一张电影票。这要是落在谁的手里，送到班主任老秦那儿，后果不堪设想呀。

　　我担心的事终于发生了。那天早自习，老秦走到讲台上，严肃地说，我们班上有个别男生，思想存在严重问题，竟然约女同学看电影。我不点这个同学的名，我希望这个同学能悬崖勒马。

　　老秦说这番话的时候，我的脸一下子红到了耳根。好在我的肤色重，不仔细看，看不出来。

　　后来，老秦又让我搬到集体宿舍来住。老秦说，你的基础还是不错的，要好好学习，即便第一年考不上，复习一年，总还是能考上的，千万不要自毁前程。

　　两年后，也就是高考结束后，我们收拾东西准备回家时，突然，从蔡小毛虫的枕头下面掉下一本厚厚的书来，我一看，正是那本《大众电影》。

　　那一年，胡小月考上外省的一个戏剧学院。我和蔡小毛虫第二年才考上大学。后来，我们各忙自己的事，彼此断了音讯。

　　不久前，我们几个男同学聚会，有人问起胡小月。蔡小毛虫说，胡小月去年才结婚，丈夫是戏剧学院的老师。那老师是个有妇之夫，他答应离婚娶胡小月，他拖拖拉拉离了十年，胡小月就死心塌地等了十年。

　　蔡小毛虫说着，仰脸给自己灌了两大杯。

青 丝

桑白年过六十，精神变得恍惚迷离，经常被一些怪梦缠绕不休，以致阴阳颠倒，静躁不分。

桑白说，太闹，太闹，在菜场吗？

女人说，在家呀，家里就咱们两人呀，你没说话，我没言语，闹什么呀。

桑白说，快跑，快跑，墙倒了，推土机进屋了，轰隆隆的。

女人说，不是咱家的墙，是西小区在拆屋，隔一条街呢。

女人扭过脸去，抹了抹泪，心里叹息，才六十的人，怎么就分不清东西远近，糊涂了呢？

女人请来一个老中医。中医把了脉，相了舌苔，说，五脏如五行，相克亦相生，肝生心，心生脾，脾生肺，肺生肾，肾生肝，肾克心，心克肺，肺克肝，肝克脾，脾克肾。病人肾水不足，心火过旺，阴阳失调，失眠多梦。当济肾水以制心火，调理阴阳。言毕，中医画出一团如蝌蚪游泳般的文字来，说，抓药。

几剂中药下肚，愈发迷糊。

桑白说，森林，大片的森林，头顶上树影浓密，看不见天，脚下草叶茂盛，湿漉漉的。我就这么走呀，走了三天三夜，走不出森林，走不出草地。

女人说，啥森林，草地的，你在医院里。手伸出来，别动，护士为你挂水了。医生说了，挂几天水，镇定镇定就好了。

桑白的眼前，仍然晃动着茂密的森林，湿润的草地。

桑白就闭上眼。记忆穿过森林、草地，向遥远的岁月探寻，似有无数发丝迎风飘起，将人生的镜头密密覆盖。

桑白出生苏北响水河口的一个小村。那里有桑白的初恋。

初二那年，桑白的班上来了个女孩，叫小雨。小雨的父母是苏州人，被下放到农村来，小雨也跟着来了。小雨长得真漂亮，雪花一样白的皮肤，蝌蚪一样黑亮的眼眸。尤其是那黑黑长长的头发，被她母亲梳成一对细细长长的小辫子，辫梢上还缀着两只蝴蝶结，走起路来，微微摆动，像摆在他们男孩的心里一样，痒痒着呢。

桑白经常看着小雨的辫子出神。小雨的头发天天洗，辫子天天都重新编。桑白有时真想摸摸小雨的辫子，可桑白不敢。桑白很羡慕那个叫小丁的男生。小丁坐在小雨的后面，他可以更清晰地欣赏小雨的头发。

一次，小雨从座位上站起来，突然，惊叫一声，原来，她的辫子被小丁绑在座位上了。小雨疼得哭了起来。桑白不知哪儿来的勇气，冲过去，对着小丁就砸了一拳。小丁也不示弱，两人就扭打起来。直到老师来了，才将他们拉开。

后来，小雨走了，跟随她父母回苏州了。

小雨一家回城的那天，有很多人送，桑白就躲在人群里。那天，小雨没有梳辫子，而是将头发披散在肩上。桑白觉得，其实小雨不梳辫子也很好看的。

小雨上车的那一刻，桑白哭了。桑白知道，自己也许永远不能再见到小雨了，那个摸一摸小雨辫子的想法也永远不会实现。

后来，桑白考上了苏州大学。毕业后，桑白留在苏州，并且娶了苏州的一个姑娘为妻。妻子长相一般，却梳着一对长辫子。桑白看着妻子的长辫子就想起小雨。

新婚之夜，桑白将妻子深情地拥在怀里，一遍遍地抚摸着妻子的长辫子，并且贪婪地在妻子的发丝上亲吻。

　　以后，每个夜晚，桑白都这么做。

　　现在，卧在医院里的桑白，脑海里经常闪现出飞舞的长发，时而拧成一根辫子，时而像瀑布一样流淌开来。

　　闭目静思的桑白，忽然感觉到有柔柔的东西拂着他的脸。他睁开眼睛。他看到了小雨。小雨没有变，还是小时候的模样，皮肤白白的，眼眸亮亮的，梳着一支辫子。小雨低着头跟桑白说话，那辫子就落下来，正好落在桑白的脑门上。辫梢在桑白的脑门上轻轻地拂来拂去，桑白伸手就接住了那辫梢。桑白的手太瘦，干瘦如柴。桑白就用干瘦如柴的手在小雨的辫梢上深情地摩挲着。

　　一声惊叫将桑白震醒，他赶紧松开手。桑白看到为他打点滴的女护士，她狠狠地瞪了他一眼，一甩辫子，出了病房。

　　女护士到了隔壁的一间病房。病房里住着一位老太太，由于化疗，头发全没了。女护士边为老太太打点滴边说，妈，刚才，隔壁有位老头，我为他打点滴时，他竟然用手摸我的辫子，真是个老神经，我回去可得好好洗一洗。

　　老太太没有说话，只是很疲倦地闭上眼睛。女儿没有注意到，有两滴晶亮的东西在母亲的眼窝里滚动。

　　这时，隔壁房间传来哭声。

【邓洪卫】春天送你一首诗

与牛五家吵架

许多年过去了，我还是想不清楚，我家和牛五家的关系怎么就那么"恶"，整天吵吵着，要吃了对方一样。处邻共居的，磕磕绊绊能免得了吗？但是呢，毕竟太过分了。怎么也不能"仇人见面，分外眼红"呀。

有时候，我放学，背着书包跟牛小路一起回家。牛小路，就是牛五家的小儿子，我们俩一个班。还没到村口，就听见村里如"爆豆"一样的争吵声噼里啪啦地响起。我和小路本来有说有笑的，一听到声音呢，就低着头，顶着那种很难听的声音，各自贴着墙根闪回自己的家了。

我到家里，就摊开作业本，写起来。过了一会儿，声音似乎小了，我长舒了一口气。就见我母亲一头冲进屋，端起桌上的一碗水，咕咚咕咚地喝了几口，又跑出去了。争吵的声音，又如爆豆一样地响起。

我母亲常说，二品呀，你可得认真学呀，我们家被人欺负够了。说着，母亲的眼泪就下来了。母亲揩了揩泪，接着说，你一定要考上大学呀，考上大学，离开这鬼地方，就不受这份罪了。

跟牛五家的战争，我家总是占不了上风。为什么呢？因为双方力量悬殊。牛五家两口子都加入战局，按我母亲的话来说，叫"像两条狗冲过来"。而我家呢？只有母亲一个人奋勇抗击。我的父亲，那个温文尔雅的小学老师，从一开始，就对这场战争持反对意见。甚至，还会帮牛五家说话。

有一次，母亲吵得正激烈时，父亲下班回来了。牛五的老婆拦住父亲说，胡老师呀，你就不能管管你老婆吗？太不讲理了！

父亲的脸上流淌着很和谐的笑。父亲说，是啊是啊，她就是这样的人，读书少，认死理，你们千万别跟她计较。牛五老婆立即蹿过来，对着看热闹的人群嚷嚷开了，你们听见没有，她男人都说她不讲理！我父亲见这阵势，赶紧一低头，回自己的屋了。那边，我母亲对着牛五老婆破口大骂，你妈妈的，哄我男人，算什么本事，我男人是公家人，跟你一般见识吗！

背地里，父亲经常劝母亲，让一让，不就过去了吗？母亲说，人活着，就为争这一口气，没这口气，还有啥活头！母亲就开始数落父亲说，有你这样的人吗？我那么冲锋陷阵的，你却打退堂鼓。

那时，大家都听刘兰芳的评书《岳飞传》，我母亲也听过几段。母亲就拿《岳飞传》说事。母亲说，人都要学岳飞，精忠报国，不能学秦桧，卖国求荣。如果一个国家的人都像你这样，国家早灭亡了。

母亲说着，扬起脸，眼睛流露出的是力挽狂澜保家卫国的豪情。我父亲呢？仍然笑呵呵的。他这一点真好，总是那么笑呵呵的。父亲说，我反正不去吵，全村那么多孩子都是我学生，我跳上跳下、骂三骂四的，我还怎么去教育学生呀？父亲说着，开始摊开本子，备课了。

母亲对父亲彻底失望了，她把全部希望都寄托在我身上。她说，好好读书啊，考上大学，为妈争口气，要是实在考不上呢，也要早日娶一个厉害的媳妇，帮我吵架呀。

后来呢，我就离开了响水河村，到县城上了高中，我耳根子清净了，再也听不到我母亲和牛五家的争吵了。但是呢，我知道，两家还在争吵着。再后来呢，我就真的考上了大学，毕业后到县城上班。我的争气无形中给母亲增加了底气，她又叉着腰对牛五家吵：老天爷睁眼，一肚子数，知道谁好谁坏，我家的儿子能考上大学，你家的呢！

去年，可能是秋天吧，我的母亲来城里，对我说，这下好了，清净了。我说，怎么了呢？母亲说，牛五和他的毒娘们都走了，同一天。母亲说，他们都得了同一种癌病，已经半年了。那天半夜，两人都疼得受不了，就打开一瓶农药，一人一半，喝到肚里了。第二天下午，才被人发现，那样子真恶啊，拧着眉毛，瞪着眼睛，青着脸，歪着嘴，仿佛正跟谁吵架似的。一屋子的人看着，竟没有一个人站出来，为他们张罗后事。

我说，大路他们弟兄五个呢？

母亲说，什么呀？二路前年就得病死了，小路因为抢劫坐牢了，另外几个都在外面混，父母病了半年，他们离得远远的，从来不作兴张望一眼。那天，你父亲实在看不下去了，就给他们打电话，让他们回来送终。又过了一天，大路三路四路才陆续到了，到了可到了，你推我让，谁也不出头，你父亲又看不下去了，果断拿出章程来，让他们每家都出钱，才联系了火葬场。火葬场的车子来了，就要将老两口往车上抬，这时，你父亲突然一声大喝：孝子何在！你父亲的这声大喝，跟炸雷一样，将众人都镇住了。要知道你父亲一贯是眯眯带笑的呀。大路兄弟转过身，你父亲又大喝，跪下！大路兄弟都木木地跪下。你父亲说，你们父母养你们这么大，你们从未尽过孝心，现在人死了，魂还没走，你们也该赔赔罪，磕头！大路兄弟低下头，"咚咚咚"连磕了三个响头，然后在你父亲的指挥下，亲自将他父母抬上灵车。母亲叹了一口气，说，牛五两口子，争强好胜一辈子，怎料到死后会那么冷清，几个儿子又是那么不成器呢！你说这是不是报应，啊！还有你父亲，一直总是面面瓜瓜地笑，可那天却威风八面，火气爆爆的，你说，他有这本事，怎一直不帮我吵架呢？唉，真是的。

离婚女人

　　乡下女人杨翠翠对法官吴未说，我想起诉离婚。

　　法官吴未暗自惊了一下，因为他很少见到一个乡下女人来主动起诉离婚。更多的案例是，男人起诉离婚，而女人死活不离。一个月前，就有一个叫小娥的乡下女人，跪在这里，请求吴未一定要判他们不离。小娥说，如果离了，我残花败柳的，身体又不好，干不得重活，下半辈子可怎么活呀。可是，吴未没有能改变小娥男人离婚的决心。小娥看离婚已经不可避免，就死命要求将儿子判给她。小娥说，有了儿子，就不怕到老没人管了。最后，在吴未的争取下，小娥得到儿子，还得到一大笔财产。

　　吴未想着小娥的事，看着面前的乡下女人，问，你为什么要离婚呢？

　　杨翠翠说，因为他太有钱了。

　　又说，关键是钱的来路不地道。

　　吴未合上卷宗，用手示意她在对面的沙发上坐下来。吴未说，你把你的情况具体讲一讲。

　　杨翠翠说，她今年三十八岁，家住在杨集乡北河村三组。二十二岁那年，经人介绍认识了本乡青年黄兵。黄兵家住在街面上，自己又在乡饮料厂上班，算个有工作的人。所以杨翠翠的父母兄弟都很同意这门亲事。不久，他们就结了婚，还生了一对双胞胎儿子。可后来，杨翠翠发现这黄兵不是本分的人。他因为不好好上班，经常领一些人打架斗殴而被厂里开除。这一来，黄兵就像脱缰的野马，越发胡闹开去，被乡里的痞子尊为老大。这几年，黄兵又通过各种不正当手段，弄了不少钱，在国道旁砌了一套三层小楼房。有了钱，黄兵更加张狂，经常带人到家里来喝酒赌钱，把家里闹得乌烟瘴气。杨翠翠觉得这种环境对正在上学的两个儿子会产生不良影响，于是就想到了离婚。

吴法官听杨翠翠讲完，问，那么，你有哪些方面的要求呢？杨翠翠说，我不要他家一分钱，我只要求将大双二双都判给我就行了。

吴法官心里又是一惊。他受理过许多离婚案子，大都是为分割财产的事纠缠不清，像杨翠翠这样不要钱只要孩子，而且是两个孩子都要的，他还是第一次遇到。吴法官为难地说，像你们这样的情况，应该是夫妻双方各得一个孩子。你两个孩子都要，肯定是有难度的。再说，你一个农村妇女，要将两个孩子抚养成人，多难呀！

杨翠翠说，我不怕难，我一定能把两个孩子抚养成人。再说了，我就是为了孩子才要离婚的。黄兵说过，他不想让孩子读书了。过几年，孩子长大了，他想让孩子跟他一起混天下呢。这怎么能行呢？这不是让孩子跟他跳火坑吗？

吴法官问，那么，你就真的不要一点财产？

杨翠翠说，我不要，我嫌那钱来路不正，迟早是要倒出去的。

那天，快中午了，杨翠翠才走。吴法官的心情却久久不能平静。

过了几天，杨翠翠又来了。杨翠翠说，男人接到了法院的传票，气坏了，将她暴打了一顿，扬言她如果再要离婚，就杀了她。还将她关在家里，不让她出门。她这是逃出来的。说着，杨翠翠捋起衣袖，胳膊上青一块紫一块，满是伤痕。

吴法官问，那你还想离婚吗？

杨翠翠说，想离。

吴法官说，你的父母兄弟都同意你离婚吗？

杨翠翠说，他们都不同意我离婚，骂我疯了，放着好日子不过，做让人戳脊梁骨的事。你知道，在乡下，离婚的女人是让人瞧不起的。

吴法官说，那你还要离婚？

杨翠翠说，为了孩子能健康成长，这婚我离定了！

吴法官说，好吧。

经过许多周折，杨翠翠终于从吴法官手里接过了离婚判决书。当天中午，杨翠翠带着两个孩子无论如何要请吴法官吃饭。吴未推辞不过，就去了。杨翠翠斟了满满一杯酒，颤抖着手说，恩人，我敬您一杯酒，谢谢您救了两个孩子。说着，"扑通"跪在地上，大颗的泪珠扑簌簌滚落下来。

这是吴未见到杨翠翠申诉离婚以来的第一次落泪。

吴未法官正是我的朋友。那天，我们在一家大排档喝酒，他向我讲述了杨翠翠的故事。四周的嘈杂将他的声音挤得很低。大排档的老板娘很干净利落而又不失热情，她在为我们上菜的时候，总是一脸的微笑。

我们正唠着，有一个衣服破旧的女人拄着拐杖走到门口。老板娘赶忙将一大碗饭倒在那女人的碗里，又给她倒了许多菜。那女人连声道着谢，蹒跚着走了。吴未说，你知道那个要饭的是谁吗？她是我跟你说过的小娥，她从丈夫那里分得了一部分财产，很快就用完了，儿子嫌家里穷，跑到他爸那儿去了，小娥没法生活，就到城里要饭为生。

这时，从外面走进来两个背着书包的男孩，一看就知道是双胞胎。他们先是欢跳着向老板娘叫了一声妈。一扭头，看到了我们。两个孩子又走过来，对着吴未恭恭敬敬地叫了一声："吴叔叔好。"

吴未说，这就是杨翠翠和她的两个孩子。她离婚不久，黄兵就坐了牢。两个孩子今年都考上县中。杨翠翠就在这里开了大排档，赚钱供孩子上学，同时还要照看黄兵年迈的父母。两个孩子在班上成绩都名列前茅。

吴未又感慨道，还是那句老话呀，不是命运主宰人，而是人主宰命运。

我们吃好了，杨翠翠将我们送出了门。我们走出老远，杨翠翠还站在门前，向我们挥手。杨翠翠的旁边立着一面灯箱，上面写着几个红色的大字"杨翠翠大排档"。

那几个字在灯光的映照下，十分夺目。

三　叔

　　天一放亮，三叔就出现在河堤的公路上。响水河面上弥漫着薄薄的水雾，河堤上便渗透着微微凉意。三叔的小腿肚有节奏地运动着，"老破车"不耐烦地发出"嘎吱嘎吱"的抗议声，车后竹篮里的小公鸡也不时"咯咯"地叫。

　　三叔要去县城找一个同学。

　　三叔家的明子今年高考落了榜。三叔想让明子在县中插班复读一年。可是，进县中插班太难了，得找关系呀。三叔就想到了他的小学同学吴阳。吴阳现在县中教书，开学正好带毕业班。

　　要说，三叔跟吴阳一个在乡下种地，一个在县中教书，平素也没什么往来。只是明子考上县中后，有一次，三叔给明子送粮草，正巧就遇到了吴阳老师。吴老师很热情，硬把三叔和明子带到他家里坐一坐，又递烟又倒茶。吴老师又对明子说，缺什么到他家里拿，衣服被子脏了，拿到他家里洗就是了。吴老师留三叔吃饭，三叔说家里忙，就匆匆回家了。出了吴老师的家，三叔对明子说，吴老师刚才说的是客套话，不能当真，脏衣服还是自己洗，被子放假带家里洗，尽量别给吴老师添乱。

　　三叔想，小事就别麻烦人家，说不定以后会有大事求着人家呢？不仅如此，三叔还常常让明子带点小公鸡、花生、黄豆、大米什么的给吴老师。三叔想，自己平时刮点小春风，关键时候，人家会给咱淋点春雨的。

这不，大事来了。在三叔的心里，没有什么比明子考学的事更重要了。三叔想，这回，可真要麻烦人家吴老师了。三叔就很为自己的远见卓识而得意。

三叔来到吴老师家的时候，日头已经快正中了。三叔看到吴老师戴着墨镜躺在院子的葡萄架下听收音机里播放的评书。三叔咳嗽一声，吴老师扭过脸来，往门边瞧。一见三叔，吴老师坐了起来，摘下墨镜放进上衣兜里，又顺手关掉了收音机。吴老师很客气地将三叔让了进来。

三叔呢？径直到水池边拧开水龙头，将两只小公鸡从篮子里提出来，淋了淋水。解下毛巾，在白花花的水中淘了淘，狠狠地抹了一把脸。这才坐在吴老师刚刚搬出的小凳子上。

扯了几句家常话，三叔就把来意说了。三叔就等着吴老师说，小意思，开学让他过来。

可吴老师却摇头，吴老师说，今年插班都得有校长的条儿，他说了不算。已经有近十个人来跟他打过招呼了，其中有几个是县政府大院的公子哥，他们都有校长的条儿。

三叔就觉得心里咯噔一下子，有什么东西忽悠往下沉。他很局促地搓了搓手。好半天，三叔才说，那好吧，我走了。

三叔又看了一眼那水池边两只咯咯叫的小公鸡，站了起来。吴老师却一把按住三叔的手，要三叔无论如何吃完饭再走。

三叔就重新坐下。这次坐在了刚才吴老师坐的躺椅上。他顺手打开了收音机，收音机里立刻响起了一个女人咿咿呀呀的淮剧唱腔。是秦香莲。三叔下意识地将身子软软地向后一仰。吁，他长长地吐了一口气。

那边，吴老师就从厨房拿出刀和碗来，张罗着要杀鸡。

三叔看到吴老师的那把闪亮的菜刀在自己家的小公鸡脖子上轻轻一抹，立刻有股红的血嘀嘀嗒嗒落到碗里。然后，手一甩，小公鸡被摔在地上，咯咯叫着扑腾了几下，小公鸡的身后立时出现点点梅花。

吴老师又提起另一只小公鸡……

这时候，我的三叔很伤感地闭上眼睛。他在想，吴老师这是第几次用这把闪亮的菜刀杀死他家的鸡了？还有，一袋袋的花生、黄豆。想着想着，一句粗话就很自然地在心里闪现一下。紧接着又一句：喂狗啦。

"叭！"的一声响，把三叔从沉重的回忆中拉回来。三叔睁开眼，看到吴老师的面前有几块小碎玻璃在阳光下闪闪发光。

吴老师弯腰的时候，墨镜从上衣兜里滑下来，摔碎了。眼镜架在地上秋千一样直打晃。

要是搁往常，三叔会觉得很内疚。可那一天，三叔表现得很平静。三叔想，碎了碎了吧，他家有的是钱呢！

三叔又闭上眼睛，计算起他和明子给吴老师家送过多少次小公鸡，还有花生、黄豆。可这次，三叔却怎么也算不清了。三叔的眼前总是晃动着那闪亮的玻璃碎片。三叔觉得眼睛有点痛。

那天，三叔在吴老师家喝了三瓶啤酒。喝了三瓶啤酒的三叔前后上了三趟厕所。

临走，吴老师还送给三叔一条烟。三叔也没客气，真就把烟带回来了。

开学前一天，三叔正带着明子在地里锄草，忽然听到有人喊他。三叔回过头来，看到田头有一个人在白花花的阳光下使劲向他招手。跑过去一看，原来是吴老师。吴老师抹着汗说，我已经在班上占了一个位置，明子带齐学费快去报名。

吴老师说完要走，却被三叔拉住胳膊，让无论如何吃完饭再走。吴老师说，我得赶快回去，那边忙着呢。吴老师就走了。

明子收拾好东西要上路的时候，三叔忽然又从箱子里拿出20块钱给明子。三叔说，到县城最好的眼镜店，买一副最好的墨镜给吴老师送去。

三叔在心里长叹一声：咱乡下人，见识短呀！

起房子

　　响水河人说盖房不叫盖房，叫起房。响水河有风俗，父母要给儿子起房。这风俗不仅响水河有，中国农村都这样吧。

　　我父母也为我们起了房。我们，指的是我哥和我。起房的时候，我们都读着书，我哥初三，我小学六年级。

　　起房，可真不是件容易的事。至今，我的父母还津津乐道于数说他们这辈子所做的大事，其中两件重头的，就是起房。

　　母亲说，起了两次房呀，一草一瓦。草房那年，老太爷还在世，坐在小顶头的茅草屋里不出来，拿木棍击打地面，骂，败家啊！一间小顶头搁不下你们，你们是住新房的命吗？骂完了哭，生把眼哭瞎了。起瓦房那年，老太爷没了，没人哭闹了，顺顺溜溜，就起好了。

　　母亲骄傲地说着，父亲不住地点头，间或帮衬一句，如果老太爷在世会是什么样呢？

　　恐怕硬吓，就会被吓死的了。母亲撇了撇嘴，说。

　　继续说父母为我们起房的事。按说，我哥和我，哥儿俩，父母应该为我们起四间，一家两间，好分。可我父母起的是三间，这怎么分呢？

　　这是个矛盾，谁都看得出来，谁也没弄明白。邻居李裁缝问了，我父亲笑而不答。李裁缝很没面子，转身对别人说，他家也想起四间的，可起得起吗？三间的钱，起码八成是借的。

李裁缝说的没错，我家确实借了不少钱。有句话叫，盖一次房，背十年债。十年啊。十年当中，省吃俭用，每个月都计算着，攒下多少钱，该先给谁家还去，谁家的钱还可以缓一缓。另外，也并不是有钱就可以盖房的，许多事程序都得走。最繁的是批宅基地。为批宅基地，我父亲不知跑了多少趟村长家，送了多少条烟，最后才批下来。

接下来，要夯地基。要备料，买砖、买瓦、买水泥、买沙等。一趟趟跑，哪样都得操心。最操心的，倒不是这些，而是跟邻居的关系。主要是地界问题，吵得不可开交。请村干部左一回右一回地拉线、调解，最终才确定下来，打上石灰桩。

真正开始起房了！我父亲特地向学校请了一个月假，忙前忙后照应。他身量不高，一派斯斯文文的儒雅，但那几天，特别有气势，叉着腰，屋前屋后、上上下下地看，还指指点点，说几句保质保量、注意安全之类的话，有点像工头。

块块红砖带着温度，层层码上去，块块红瓦，沐着暖阳，次第盖上去。我们家的瓦房，终于立起来了。在响水河村一片灰蒙蒙的茅屋之中，仿佛旧衣上加了块新补丁，尤为扎眼。

父亲高兴啊，屋前屋后，转了几圈，然后，把我们哥俩喊到跟前，指着瓦房，说，这可是为你们盖的。

我父亲说，你们兄弟俩，按说我要盖四间，一家两间。可我为什么要盖三间？我有我的道理。你们俩，起码要有一个考上学校。这是硬指标。这房子是给没考上学校的，考上学校的，住公家的房子，就不需要这房子了。但我不偏心，这三间瓦房，我花了3000块钱，到时候，我要再拿出3000块来，作为奖励。

我父亲喝了一口水，接着说，如果你们都考上学校，这房我们就卖了，钱一分不少平分给你们在城里安家。

我们认真听着。大哥很懂事，说，行，听爸的。又说，如果我考上了，奖励的钱我不要，都给小弟。

哥这话仗义，慷慨。哥在学校成绩拔尖。那时候都兴初中毕业考个小中专，既省事，又多拿几年钱。我哥有雄心，想考高中，再考大学，到大城市发展，最起码能留在县城。因为小中专毕业也只能回乡做个教师，或者供销社会计什么的。我的成绩不算太差，比起哥就差得太远，全年级能排到三十名。而我们乡村学校，每年最多能考上十个中专。也就是说，如果我们学校能考上三十个中专，我还能凑合。可能吗？天上不能掉馅饼。

父亲对我哥的话非常满意，笑着点头。却冷下脸问我，你也要表个态的。我底气不足，只是嗯哪一声。嘿，我才是小学生呀，哪里就操心得那么远？父亲却不饶我，大声训斥，你要跟你哥多学，你哥是榜样，一面在你面前扑扑拉拉飘扬的旗帜！

可最终的结果与初衷相差甚远。哥落榜了。原因是我哥在县中恋爱了。恋爱这个东西像一粒种子，有了土壤，就愣头愣脑地破土而出，蓬蓬勃勃，其势不可阻挡。后来我上了县中，校长还在会上谈起这件事。他敲着桌子说，早恋是毒药，碰不得呀，一碰就全完了！好好的苗子让毒药给毁了！而我，平时成绩一般，却在关键时刻冲了上去，稀里糊涂地考上大学，最终留在县城。这是个意外。后来，我的班主任还经常拿我做例子教育他的学生：不要灰心，都有希望，我教过一个学生，叫胡二品，成绩差得稀溜稀溜的，最后也泥上墙了！

当年那个为我起的瓦房，我没有住，我哥也没住。我哥到南方打工去了，几年后回来，在街上起了个小洋楼，把我父母也接了去。那三间瓦房，卖了。当年花3000块盖的，卖了8000块。我呢，大学毕业后，到银行上班，虽然吃了公家的饭，却没住上公房。正赶上单位房改，不再分配公房。我先在单位的宿舍里猫了几年，后来自己买了房。买房的钱，借了一些，还拿了贷款，两年前刚还清。可不久，我又调到市里工作，又重新买房，还要拿贷款。贷款是十年还清，我还要过十年紧日子。至于父母要把卖瓦房的钱给我，我是不可能要的。这几年房价居高不下，我连买房带装修花了近100万。8000块钱，够几块砖呢？我差钱，但不差这点钱。

压　床

　　九岁的天平正在斜头家玩牌，听到牛子进来对他说，你娘叫你呢，天平。天平很不屑地瞅了一眼牛子，说，想玩牌就说嘛，少拿我娘来诓我。牛子说，真叫你呢，谁诓你是小狗。天平就恋恋不舍地将牌递到了牛子的手里。天平到家，见娘坐在火盆边纳鞋底。天平说，娘，有事？娘说，嗯。天平说，甚事？娘说，天平呀，亮子要结婚了，今晚要你过去压床呢。

　　响水口人办婚事，连头带尾，要三天时间。第一天，催妆；第二天，正日；最后一天，回门。压床，就是在催妆的晚上，要一个童男子陪新郎睡觉，有"早得贵子"之意。不是哪个男孩都能压床的。这里面有很多严格要求，比如，男孩长相要周正，爱干净，身上不生虱子，没有尿床的习惯，等等。还有一条最重要，就是属相不能犯忌。一般来说，这几项条件都符合，就可以压床了。所以说，能压床的男孩，在农村来讲是比较优秀的。谁家的小孩能压床，这家的大人也颇有脸面，跟人讲话的音量也提高了八度。天平在村里是个很仁义的孩子。所以，许多人家结婚都愿意天平去压床呢。

　　那个下午，天平娘早早地给天平洗个热水澡，换了一套干净的衣裳，是只有过年或出客时才能穿的。天平一身新气地往亮子家走，迎面遇上了牛子。牛子说，天平，压床？天平说，嗯。牛子说，天平，明早给咱两颗糖。天平说，嗯。牛子说，拉个勾吧？说话不算话是小狗。拉了勾。牛子乐呵呵地走过去，走过去又说，三颗？天平说，两颗。

天平来到亮子家。亮子娘正在钩喜被，将最后一针穿过来，线绕着指打了个结，用牙咬断了。亮子娘说，天平来啦！天平说，嗯。亮子娘就抱着喜被进了新房，将喜被铺展在床上。喜被是红丝面的，红艳艳，晃着天平的眼，一摸，软乎乎的。天平就巴望着天快点黑，好将喜被裹在身上。

天果然就黑下来了。天平扒了一碗饭，就钻进新房，巴望着亮子快点吃完。亮子吃完了，却没进来，亮子在外面跟客人闲扯。好不容易亮子进来了，关了门，却不急着放被，而是坐在桌前抽烟。抽了好一会儿烟，亮子才放下被子，亮子说，睡吧。天平麻溜溜拱进被窝。

被是新被，气息清新干暖。天平狠狠地吸了两口，觉得鼻孔酥痒，就想打两个喷嚏。但天平没打。天平想，快长啊，快长啊，长大了，也当新郎，也能盖上新被子嘞。想着想着，天平就睡着了。天平就梦见自己长大了，当新郎了，也盖上新被子了。天平不止一次做这个梦了，每次压床都做这个梦。今天的梦做得格外真切。后来，天平被一泡尿憋醒了。天平就迷迷糊糊地起身，迷迷糊糊地出了门，迷迷糊糊地到猪圈旁尿了。

小北风像刀子一样钻进他的脖子，割着天平的皮肉，天平缩了缩脑袋。天平听到风里带过一个声音，天平就顺着声音看过去，天平看到水塘边树下影影绰绰一团人影。天平觉得奇怪。天平人小，胆却大，不知道害怕。天平就悄悄地绕过去。天平就看到那团人影是由一男一女组成的。

那两个人影先是沉默着，后来，出声了。

想好没有？我们都有点文化，到南边还怕没碗饭吃？一个女音。

男的在抽烟，烟头一明一灭。好久，那男的狠劲将烟在树上灭。男的说，我不能走，我一走，爹娘在村里一辈子抬不起头，我怎么安生？

天平听出是亮子的声音。

天平就听见那女的低声哭泣，哭着哭着，就哀哀地叫了一声，亮子哥。那女的倒在亮子的怀里，两个人就抱在一起。

天平赶紧缩着脖子回到屋里，钻进喜被。天平想起娘说过，亮子初中毕业，跟邻村的女同学菊子好，可亮子的父母早就给亮子定了一门"娃娃亲"。亮子要翻了这娃娃亲，亮子娘就要跳响水河。没办法，亮子就死心，回了菊子。

刚才树下的那个女的，肯定就是菊子。

天平正想着，门轻轻地开了，亮子蹑手蹑脚进来。在桌前坐了一会儿，蹑手蹑脚裹进被子。

亮子的脚生凉生凉。

天亮了。天平睁开眼，看到亮子还在睡，天平就轻轻掀了被，轻着脚出了门。

迎面又碰见牛子。牛子伸手，说，糖呢？天平不搭理他。牛子仍跟在后面，说，一颗也行。天平仍不理他，只低头闷闷地走。牛子说，说话不算话，是小狗。

天平来到昨晚的河边，看到树下零乱地堆了好些烟头。天平就愣愣地发呆。

发了一会儿呆，天平就回家了。晌午时，天平发烧了。娘慌忙将他送进镇卫生院。

下午，村口鞭炮"噼噼啪啪"一响，新郎将新娘带回来了。按说，天平应该在村口将新娘牵进新房。可天平发烧了，天平就不能牵新娘了。亮子娘就临时让牛子顶了天平。这是很不吉利的事。果然，过了没几年，亮子就离了婚，到南方打工去了。

天平再不压床。

医　生

那几天放忙假。父亲正推着麦子，忽然感觉到胃有点不适。父亲就蹲下来，将胃部抵在车把上，好一点儿了，父亲又硬撑着推完了麦子。天已经黑下来，父亲将麦垛码好后，就浑身散了架似的躺下了。劳累使父亲忘记了胃痛。

第二天早上，父亲上了一趟茅房，他发现排下来的粪便竟然是深黑色的。父亲这才感觉到事情的严重性。父亲就又来到乡卫生院挂了几天盐水，可仍然没有好转。医生很无奈地建议父亲去县里的医院检查一下。

就这样，父亲来到城里找我。

父亲说，查出病因来，开个处方，到乡卫生院用药，城里药金贵着呢。再说，快开学了，学生娃等着我去上课呢。这学期，县里要统考。

我说，县医院条件好，我给你找个专家好好诊断一下。

不料，父亲笑了。父亲说，哪用你找，县医院咱有熟人哩。

见我奇怪，父亲的脸上便掩饰不住流露出得意。父亲说，就是何向东呀。我说，就是那个内科主任何向东吗？父亲说，是呀。然后，父亲又加重语气说，他是我学生呢！我说，这么长时间，怎么没听您提起过呢？父亲说，人家是专家，专家怎么能轻易惊动呢？以前都是小毛病，乡里就解决了，现在乡里解决不了，就只好动用他了。

在去县医院的路上，父亲还跟我讲了许多何向东的光辉事迹。说何向东在学校时如何品学兼优，现在医术又如何精湛，医德如何好。

报纸上还专门报道过他的事迹呢。父亲说。

看得出，父亲很为自己有这样一个学生感到骄傲。

我却不以为然，现在哪有这样的好医生呢？报纸上的事，许多都是假的。就说这何向东吧，我虽然没见过，却常有人提起他，听说他医术倒是不差，只是医德并不太好，好收红包。

在内科专家门诊室里，有一个戴眼镜的中年人正在不停地给病人看病。父亲说，这就是何向东，跟小时候没什么两样，只是白胖了些。

当我和父亲坐在何向东的面前时，何向东显然已经认不出他以前的小学老师了。在我的一再介绍下，何向东才拉长了声音说，噢———记起来了。

何向东很认真地给父亲检查了一下。诊断结果很快出来：十二指肠严重溃疡。何向东说，药物已经很难奏效了，只有做手术了。父亲问，那得多少钱呢？何向东说，不多，两三千吧。何向东还说，没事的，医药费你们乡文教会报销的。父亲说，工资都半年没发了，他们哪来钱报医药费呀？何向东愣了愣，说，先住下吧，不管怎么说，病不能拖了。

父亲的手术是在第二天上午做的。手术很成功，父亲的身体恢复得也很快。住院期间，何向东每天都要抽出时间来询问情况。父亲很感动。有几次，父亲还拉着何向东的手说，这么多年了，你还认我这个乡村教书的，看来，我这书没白教呀。何向东极不自然地笑着说，您老不管什么候，都是我的老师呀。父亲哪里知道，他老人家住院的当天晚上，我就给何向东送去 1000 块钱。在社会上混了十来年，我对金钱万能这一社会法则深信不疑，并且时时刻刻都在运用着。

父亲很快就要出院了。按何向东的意思应再住几天，可父亲执意不肯。何向东很热情地为父亲办了出院手续。他还问了我家的地址，说以后多来往。

我想留父亲在我家休养一段时间，可父亲坚持要回去，他说，城里空气不好，城里菜不新鲜，城里没有乡下安静。父亲便回去了。后来，听母亲说，父亲回去后的第二天，便不顾她的再三劝阻，到学校上课去了。

何向东真的寻到我家来，出乎我的意料，他将那 1000 块钱还给了我。他说，学生给老师治病，天经地义，我如果收下这 1000 块钱，于心不安呀。这倒使我有点不好意思了，觉得以前对何向东的偏见是很不好的。

于是我坚持留何向东喝了一场酒。喝着酒，何向东说，没想到这么多年了，胡老师还这样苦，他老人家教过的学生成千上万了，混出名堂的也不在少数，可他仍然默默无闻地教书，而我们还利用手中神圣的职业干见不得人的事。想一想，我们有愧呀！

何向东最后说，对我来说，胡老师不仅是一个好老师，还是一个好医生呀！

这句话我就听不懂了，父亲明明是个教师，可何向东怎么偏偏说他是医生呢？看来，何向东真的喝多了。

乡村宴会与音乐

有个擅吹竹笛的朋友，姓杨，在去年过年的时候，约我到他乡下老家去吃饭，顺便见识一下他的乡村乐队。

打个的出发。同行的还有他舅舅，老中医，一直在乡下行医，退休了，返聘到县医院。舅舅说，读过你的作品，很喜欢。一路上他就谈我的作品，兴致很高。那"的哥"开着车，一言不发。直到我们都下车了，他才说，我得打开窗户吹吹，车里一股酸气。舅舅回身问我，他说什么？我说，他也喜欢文学。舅舅说，哦，怎不早说？话音刚落，的哥一踩油门，"日"，绝尘而去。舅舅冷笑，这等粗人，还喜欢文学，呸！

远远的，朋友的父亲就迎出来了。他认识我，很雅地叫我邓先生。到了院场，院中有一老者抱着茶杯，满面笑容。舅舅抢步上前，抓住他的手，说，大兄弟，你还在呀？老者说，你个老东西，不也活生生的吗！两人大笑。朋友说，我大姨父，在中国科学院工作，退休了，现居淮安，过年了，回来玩几天。舅舅说，这叫落叶归根，故土难离呀。大姨父点头微笑。大家推推搡搡进屋，坐在长条板凳上。

闲扯几句，就开饭了。大家彼此谦让着按乡村礼仪坐定：上首是大姨父和舅舅，对面是大姨和杨大爷，我们几个晚辈在下首陪着。杨大爷一再说，邓先生应该坐桌面的，委屈邓先生了。我说，大爷您太客气了，这样坐着挺好。

　　三杯门面酒喝罢，各自看准机会，按礼数轮番敬酒。大姨父和舅舅辈分高，自然被敬的频率最高。他们将一些往事扯开来，气氛一下子热闹起来，杯起杯落，笑语不断。

　　这当儿，屋外来了两个人，一瘦，一胖。瘦的提着二胡，胖的抱着琵琶。杨大爷招呼："吃啦?"两人答："吃啦!"再说："再弄两杯?"两人摆手，抽条凳子坐下："操家伙吧。"杨大爷起身取出了一把三弦，起了调门，瘦子轻展臂膊，胖子慢摇手腕。美妙的乐曲像水一样流淌出来，弥漫开去。

　　朋友告诉我，这就是他的乡村乐队。每年春节回来，他都要带他们玩一玩。平时，他们都忙，也没心情。

　　朋友说一声"得罪"，起身取出自带的竹笛，横在嘴边。一曲《扬鞭策马催粮忙》就把大家带到广阔的大草原。二胡、琵琶、三弦也转了调，虽然音扣得不太准，但那种情绪，却挥洒得淋漓尽致。

　　那边吹拉弹唱，这边酒也闹到高潮。大姨父和舅舅是儿时伙伴，老朋友了，说话也就不讲究，逮话把子劝酒，还互相揭起了短。

　　大姨父说，你记得吗?那年二弟结婚，我们都喝多了。在洞房里，你让二弟媳妇左一支烟，右一支烟地点。闹累出来，你要拖自行车回家。你捅了半天车锁都没开，我过去一看，原来你拿烟头当钥匙捅，那玩意软塌塌的能捅开车锁吗?哈哈哈。

　　舅舅说，这也比你好呀，那天我走了，你却倚着门睡着了。二弟媳妇在里面听到外面有响动，对二弟说，外面什么动静?二弟说，是猪圈里猪在哼哼呢。天要亮了，二弟媳妇要上厕所，拉开门，你一头仰进来，吓得二弟媳妇当时就尿了。哈哈哈!

　　不说不笑不热闹，说说笑笑酒就偏高啦!大姨父将满满一杯干了，亮着杯底，看着舅舅。舅舅有点怯了，说，咱们欣赏欣赏音乐再喝如何?大姨父不让，偏要舅舅先喝了酒再听音乐。舅舅犹豫，任大姨父怎么劝、激，终不敢端杯。大姨父恼了，抢过舅舅的杯子一口吞了一半。舅舅无奈，只好又斟满，一口喝下去，紧叨了两块菜，压住了酒，对我们说，你们要陪足大姨父的酒，我为大家唱一段小淮剧，以助酒兴！

不待大姨父同意，舅舅已离席，站在当中。杨大爷又起了调门，胡琴合奏中，舅舅唱起一段淮剧《河塘搬兵》——《杨家将》的戏。

一曲唱毕，大家同时喝彩。舅舅拱手，说，献丑献丑！却再不入席，而是抢过杨大爷的三弦，自顾自地弹奏起来。

杨大爷又入席，陪大姨父喝酒。

那边，我朋友的女儿也表演节目，她学的是钢琴，已过八级，可惜爷爷家没有钢琴，就抢过他爸爸的竹笛，吹奏起来。虽然显得稚嫩，但也有板有眼，婉转悠扬，引得桌上桌下喝彩声不断。

节目一个一个地演，酒也一杯一杯地喝。主客不离座，谁也不能先走。从上午十一点，一直喝到下午四点。大姨父终于站起身来，很"领导"地讲了几句感谢的话，然后，进里屋休息了。这边酒席散了，那边乐曲又延续了半个小时才停。

乐手们收拾家伙，回家了。我们也醉里歪斜，告辞回城。

第二天，文联开联欢会，我和朋友都参加了。席间，曲协、音协的朋友们纷纷登台献艺，好不热闹，我对朋友说，如果把你的乡村乐队请过来，表演一场多好啊。朋友摇头，他们不会来的。

又说，来了，也没人愿听。

列举老师

列举老师谢如斗，教历史。

谢老师记忆力很好，表层光光的脑袋里面井然有序地排列着许多古人的档案。他说，学好历史并不难，关键是在熟悉历史人物和事件的基础上，进行归类总结，找出他们之间的相同点和不同点。于是，在他嘴里出现频率最高的一个词是"列举"。比如，让我们列举一下，中国历史上曾经是农民的皇帝。又比如，让我们列举一下中外史上曾是木匠的思想家，等等。我们都叫他"列举老师"。

关于谢老师，有许多趣事。

有个同学常在课堂上睡觉。一次，谢老师叫醒他说，我向你列举下中国历史上被尊称为"圣"的人物。杜甫为诗圣，顾恺之为画圣，张仲景为医圣，张旭为书圣，东方朔为智圣，关羽为武圣，独无睡圣，阁下填补这一空缺，了不起呀。一席话，既达到了批评教育的目的，又活跃了课堂气氛，还传授了历史知识。此后，那学生再也不在课堂上睡觉了。

不仅我们这些学生佩服他，学校里的老师都佩服他，就连我们的校长都高看他三分。一次，上级要来检查，都到校门口了，校长才发现校长室门前的黑板报忘了出。正好，谢老师由此经过，校长赶紧叫住他，找来两支粉笔，让他以最快的速度出一期历史专辑的黑板报。谢老师二话没说，将脑门上并不富裕的几根头发向后抹了抹，捉起粉笔就写了起来。待校长领着上级领导在校园里转悠了一圈来到校长室门前，满满登登一大黑板的历史知识已经呈现在面前。什么列举世界历史上的空想社会主义思想家啦，什么列举中国历史上的以少胜多的战例啦。后来，校长对谢老师说，老谢，你一肚子都是"史"呀！

那一年高考，我们班的历史成绩全市第一。这很大部分得益于谢老师教导有方。

谢老师尽管历史知识丰富，教学业绩非凡，但在实际生活中，却常常面临尴尬。比如，他的住房问题迟迟得不到解决，他的高级职称也批不下来，老婆也三天两头到办公室跟他吵架，让他下不了台。说到底，谢老师太书生气了。这样的人，在社会上是吃不开的。

后来，我们就上大学了。大学毕业后，又回到了小城工作。听说谢老师弃教从政了，现在某局当一名副局长。这使我很吃惊，想谢老师一介书生，是如何踏上仕途，又如何仕途得意的呢？

一天，我在酒桌上碰到了谢老师。没想到谢老师还能准确地叫出我的名字。谢老师问我，你在哪个单位工作呀？我说，建行。他说，噢，建行，好单位呀，建行行长叫刘一仁，副行长叫周有成，人事科长叫吴起，是不是呀？我说，您知道得真详细呀。他说，都是朋友嘛。

那天晚上，谢老师喝多了。酒席散了，我扶他下楼，他却拍着我肩膀说，小邓呀，在单位里要放机灵点，要多留心领导的喜好。我为什么能在官场混得开，就因为我善于给领导归类，找出他们的同异，投其所好。我的脑子里存着许多领导的档案。比如，我们的县委书记胡安，四十一岁，爱好打乒乓球；县长王泽，三十八岁，爱好钓鱼；组织部长吴德，四十五岁，爱好游泳；财政局长陈风，四十七岁，爱好打麻将……

谢老师口若悬河，滔滔不绝，仿佛当年在课堂上列举古代重大人物一样，饱满的脑门上闪烁着自信的光芒，听得一旁的我一愣一愣的。

回到家里，我的脑袋里交替闪现着过去讲台上的谢老师和现在酒桌上的谢老师。

我有点茫然。

阳光下的雨伞

现在，我想讲讲小妹的故事。

小妹不是我的亲妹妹，而是我妻子最小的妹妹。我习惯叫她小妹。

五年前的那个冬天，漫天飞舞着伤痛的雪花。小妹原本沸腾的血液变得舒缓，直至戛然而止。

仿佛一个迎着阳光行走的旅人，突然顿住了脚步。阳光也同时失去了色彩。

我还记得我第一次见到小妹的情景。在她的家里，还是初中生的小妹始终低头坐在里间的桌子前看书。我的到来，并没有使她改变一下姿势。我的印象中她始终没有抬头，甚至我走时，跟她打招呼，她也没有觉察。

我的女同学，也就是她姐，笑着对我说，你别理她，她不喜欢跟陌生人说话。

我说，我也不喜欢跟陌生人说话。

后来，我的身份变了，到她家的次数也多了。我觉得我们不应该是陌生人了吧，可她仍然不多说话，除了吃饭坐一张桌上，其余时间她都在屋里看书。那书有什么好看的呢？为了高考，我被书弄得昏天黑地，见到书就犯晕，头疼，简直患了"书本综合征"了。

很用功的小妹后来考上省城的一所中专学校。

［邓洪卫］春天送你一首诗

我到她的那个学校去过一次，是奉命送两件衣服给她。她把衣服接了过去，说，好了。好了，什么意思？撵我走呀。大热的天，我大老远跑来，嗓子眼冒烟，没口水喝，也得让我歇会儿吧。再说，我还没完成任务呢。她姐让我问问她的学习、生活情况，我回去怎么汇报？

倒是她的室友挺讲情理，倒了一杯冷开水，说，大哥歇会儿吧。

我咕咚咕咚将冷开水喝光，说了一声谢谢，就回了。

中专毕业后的小妹，带着一家人的不放心，跟几个同学到南方打工去了。两年后的一天，她以崭新的姿态，和一个叫小吴的青年结伴出现在我家里，令我和妻子又惊又喜。小妹出落得更漂亮文静了，性格也比以前稍稍活泛一些。那小吴很不错，能说会道。真是邪了，一个闷葫芦，一个话匣子，怎么就凑到一起了呢？

他们回来，是准备在春节结婚的。

当能干的小吴将一切都准备妥当的时候，情况却发生了意外变化。在那个寒冷的冬天里，年轻的小妹忽然患上了风湿性关节炎，关节肿痛得厉害。吃了大把大把的药，并不见好。那段时间，小妹肯定很苦闷。她不太爱说话，有苦闷就埋在心里。

妻子在一次闲聊中听到一个信息：某地有一名医，有祖传秘方，专治风湿性关节炎。说某村有人就是吃了名医的两剂药，好利索了。

妻子就到那个看好的病人家里打听了。那天风雪交加，我妻子骑车跑了几十里路。回来的时候，滑倒在水沟里跌昏过去，送到医院里挂了两瓶水，才苏醒过来。

妻子醒来后的第一句话就是，告诉小妹，去看病。

小妹在小吴陪同下去看了那个名医，抓回了几剂药。

那药，小妹只服了一周，腿上起了不少泡子。如果小妹把这事跟小吴说一下，也许小吴会劝阻她不服药了。可小妹不爱说话呀，她仍然坚持服药。药没服完，就晕倒了。

立即送到医院。我的一个医生朋友，在做了细致的检查后，把我拉到一旁，摇头说，再生障碍性贫血，药物所致。

我像被雷击一样静止在那里。好一会儿，泪水夺眶而出。

我回来告诉了妻子，但我省略了"药物所致"这个足以让她发疯的细节。

在县医院里治疗的日子里，小妹始终昏迷不醒，每天靠输血维持生命。

两个星期后的一个早晨，窗外飘着大片大片的雪花。昏迷的小妹忽然说话了。她说，下雪了。顿了顿，又说，我听到了雪花落在树枝上的声音。

说完，小妹就静静地走了。

一个不喜欢说话的人，就这样永远地不说话了。

小吴走过去，默默地为她擦去嘴角的最后的一丝血迹。

几天后，站在小妹永远也不需要的新房里，我发现了一把没有启封的红色雨伞。小吴默默地把伞拿在手里，眼泪止不住地又流了下来。

小吴说，这是小妹留下的，准备结婚那天用的。

小妹走了，妻子整个变了一个人似的，经常无端向我发火，甚至有点神经质。她固执地认为，小妹的死是因为我这个姐夫没有钱帮她治病。她强烈地要求离婚。两年后，我被迫离了婚。

不久，我辞了工作到了省城。我和现在的妻子韦燕相遇了。

一见面，我就说，感谢你的冷开水。

韦燕挠了挠头发，茫然不解。

我说，你认识顾小青吗？

你是顾小青的姐夫！韦燕如梦方醒。

一年后，我和韦燕结婚了。按照习俗，结婚那天，新娘不能走在露天里，所以，得准备一把红伞。韦燕说，不用买了，我正好有一把红伞。

韦燕从衣柜里取出一把精致的红伞。

韦燕告诉我，还是在中专学校的时候，我和顾小青逛街，正好看到一辆义务献血车停在路边。我们就去献了血，护士赠给我们每人一把红伞。

我们的婚礼是在一个大酒店举行的。

红色的轿车停在了大酒店的门前。我先下了车，撑开雨伞，撑起一片艳红的世界。身着素白婚纱的韦燕在红色的映衬下更显得娇媚动人。

我抬起头。我看到阳光齐刷刷流淌下来，千缕万缕交织，铺展在红色的伞面上，盛开一大丛鲜艳的玫瑰，热情飞扬。

春天送你一首诗

　　"春天送你一首诗"，送来送去到盐城。市作协秘书长小张打来电话："春天送你一首诗"大型诗会，明天下午 3 点在师范学院开始，你带你们县的几个作家来凑凑热闹。

　　我说，好的。

　　我打算带三个人去凑热闹。写诗的男老麻，写诗也写散文的女小鱼，还有曾写过通讯、现在什么也不写的款爷大杜。

　　老麻和大杜，都是很熟的朋友，只有小鱼还不曾见过一面。

　　我分别给他们打了电话。他们就给我三个回答。

　　老麻用他很费舌头的侉音说，有女作者去吗？有，好，去。

　　小鱼怯怯地说，我能去吗？噢，行，那么，我先从我们乡坐公共汽车，到梅花乡的国道边上等你们。她是桃花乡中学老师。桃花乡是我们县最偏的一个乡，离梅花乡的国道有一百多里远。

　　大杜用他宽大的嗓门说，太开心啦，我开车带你们去！

　　我们都无车，只有大杜有车。

　　次日上午 10 点，大杜开车来了。他还带来一个小女孩，不到二十岁，瘦叽叽的，没怎么长开，皮肤有点黑，但挺活泛的。

　　大杜介绍，我朋友，海子。

我说，写诗吗？

不写，还小。大杜含含糊糊地说。

我笑了，诗人的名字。

海子也笑了，哪有诗人叫这名的，太土了吧。

又补充说，我在海边长大的，所以叫海子。

怪不得又黑又瘦呢，海风吹的。

一会儿，老麻来了。我们立即出发。车到梅花乡路口，一个二十出头的女子正站在路边树下，向这边张望。我吃不准是不是小鱼。老麻拿本《诗刊》在窗口晃晃，那女子一声不响上了车。

车上高速。大杜和海子打情骂俏，很刺激。老麻和小鱼谈论诗歌，很催眠。我眯着眼睛假寐，很孤独。

在我们这个县城不大的文学圈子里，我、老麻和小鱼，还是有点名声的。我在县报社上班，发表过几篇小说，是县作协的牵头人。老麻住在海边，他的诗里总是海呀盐的，味道有点咸。跟小鱼，虽是初次见面，但我经常编辑她的散文。有时，会被她的散文莫名其妙打动。

再说一说大杜。他本是县某单位的通讯员，我常帮他在县报上发些小通讯，让他完成单位宣传任务。后来，他辞了工作，开了一个公司，运作良好，有点款爷的意思了。

他富裕了，没忘我的"提携之恩"，经常在我们报纸上做个半版广告来帮助我完成任务。还常喊我喝酒，偶尔诗兴大发，顺两句顺口溜。他能喝，白酒起码一斤多吧。

我就惨了点，沾着酒就红脸，最多喝二两，就再也不肯喝了。起先他很不满，文人嘛，不喝酒咋写？有时，递烟给我，我说不抽，他又不满，文人嘛，不抽烟咋写？他还会找个妹纸来骚我。未遂。他更不满，文人骚客嘛，不骚咋写？

后来，他理解我了。不再劝我喝酒、抽烟、骚女人了。

他喜欢说，开心，太开心了。

不知不觉，到了盐城。大杜直接把我们拉到一个大酒店。

我说，中午就不要破费了，随便吃点，下午还要参加诗会。

他说，不要我破费，有人破费。是他的一个朋友请客。

那个朋友，脑袋大，脖子粗，说起话来呼呼哧哧的。他说，跟我杜哥交朋友，都是够意思的。来，干一个。他嘴很大，我怀疑他能把酒杯也吞下去。

他先跟我喝，迅速把我脸喝红了，又跟老麻喝，迅速把老麻喝晕了。又跟海子喝。最后把大脑袋转向了小鱼。

那时，小鱼正眼皮耷拉着对付一条鱼。那朋友盯着小鱼看了会儿，见没反应，便把酒杯举到小鱼眼面前，说，美女——

小鱼仍专注对付鱼，眼皮都没抬。我用胳膊肘碰了下她，她才微微抬了下头，说，我不喝酒。说完，又埋头吃鱼。弄得那朋友挺尴尬的。

吃完鱼，小鱼悄声对我说，老师，快开场了，走吧。

我这才想起我们是来参加诗会的，悄声跟大杜商量，诗会要开始了，咱们是不是撤啊？大杜说，来得及，再喝会儿。

再喝下去，都有点高了。喝到什么时候，记不清了。小鱼什么时候先走的，记不清了。还到浴城泡了会儿澡，休息一会儿，做没做别的，记不清了。

当我们几个来到师范学院礼堂，正赶上舒婷等几位名家上台向大家致意。

这时，漂亮的女主持人说，美在盐城，春天送你一首诗，大型诗会到此结束。

有一些学生冲上台去，跟这些名家合影。小鱼也冲了上去，老麻提着相机跟上，大杜拉着海子也上去了……

我们的车子往回开了。

路上，大家翻弄相机，看储存的照片。这时，老麻侉里侉气地说，我朗诵一首舒婷的《致橡树》吧。

我如果爱你——

绝不像攀援的凌霄花，
借你的高枝炫耀自己；
我如果爱你——
绝不学痴情的鸟儿，
为绿荫重复单调的歌曲；
也不止像泉源……

海子夸张地喊，哎呀老哥，你太有才了，这树是海边的吧，有咸味。

大杜猛地大叫一声：开心，太他妈的开心了。

就在这时，小鱼突然打开窗户，一阵狂呕。

老麻说，怎么啦？

小鱼羞涩又痛苦地说，我晕车。

……

十年后。某天，我接到小鱼的电话，请我参加她组织的"春天送你一首诗"小型诗会。

把他们几个都请来吧。小鱼特意嘱咐我。

这十年，我们的联系渐渐少了。只知道大杜的公司越办越大，是县里的纳税大户，经常跟县领导喝酒。老麻内退后，被某企业聘去做了办公室主任，写材料，搞宣传。我呢，也从报社辞了职，自己搞了一个文化传媒公司。

我好不容易打通了大杜和老麻的电话。出乎意料，他们都说有空，一定参加。

那天，我们都是开车去的。当然，车的档次是不一样的。另外，大杜又带来一位秘书，还是不到二十的样儿，但不是海子，比海子长开多了。

桃花乡中学位于一个湖心小岛，清澈的湖水围绕着小岛，岛上正桃红柳绿。小鱼在前面引路，介绍。她，较之十年前，似乎更加清澈知性了。大杜说，这地方好，静，世外桃源，采菊东篱下，悠然见南山啊。

又叹道，怪不得当初请你到我公司干，不肯去呢。

"春天送你一首诗"小型诗会就在桃花乡中学小礼堂举行。

诗会的规模确实很小，主持人是学生，朗诵者是学生，作者也是学生。他们都是这个乡中学的文学社成员。听众除了我们几个，还有几位老师，本县的三个诗人外，其余也都是学生。

他们朗诵得很有激情，现场气氛热烈。

三个诗人也朗诵了自己的诗作。最后，小鱼请我、大杜、老麻也上台朗诵。大杜说，我带来一些书和笔送给各位学子，诗就不朗诵了。老麻直摇头，有些羞赧的样子，说，好多年没弄这玩意了，记不得了，记不得了。

我也好多年不写作，不读诗了。可看着小鱼还有学生期盼的目光，不忍拒绝，硬着头皮走上台。情急之下，朗诵起女儿在幼儿园联欢会上表演过的一首诗：

　　　　三月的风轻轻地吹
　　　　送走了那寒冷的冬天
　　　　迎来了温暖的春天

　　　　三月的雨柔柔地下
　　　　湿润了那枯黄的小草
　　　　唤醒了冬眠的青蛙

　　　　新抽的柳枝摆摆摇摇
　　　　新发的绿芽春意萌萌
　　　　寒风远远地走了
　　　　新燕拥着春天来了
　　　　……

先生，您好

银行的对面撑起一面伞，伞下就是一个修车铺。

杜留根是这个车铺的主人。

杜留根三十出头，面皮黝黑，理着平头，发丝短，如针样根根直立，头一低，闪出一溜白头皮。

修车铺的生意寡淡。现在骑自行车的少了。一些人时间观念强，换上了摩托、电动车，来去一阵风。还有一些人强身健体，干脆什么也不骑，靠腿脚，溜溜达达，倒也舒闲适意。骑自行车的少了，修自行车的就少了，大都是一些学生。修车的生意真是淡呢。

生意很淡的杜留根坐在伞下，眼上捂着墨镜，墨镜下的眼睛盯着银行。

说是银行，其实并不大，只是一个储蓄所而已。门面装潢却也气派，蓝色大玻璃闪金烁银，白色大理石上喷着黑字，庄重典雅，又有时代性。

杜留根坐在伞下，墨镜下的眼睛死死地盯着银行的大门。

杜留根曾经多次走进银行的大门。

杜留根清楚地记得他第一次走进银行的那天，天气非常炎热。杜留根走进去，一面大理石的柜台横在他的视野中。同时，一股清凉之气扑面而来，将他拉到了另一个世界。

真爽！杜留根说。

"先生，您好。"

杜留根四下张望。

优美的声音是从柜台里面出来的。一个年轻的小姐正在冲着他笑。

"先生，您好，请问您办理什么业务？"那小姐又问。

杜留根有点慌乱，他想说，看看，就看看。可话到嘴边又咽了回去。他的手在裤兜里摸，只摸出一卷零票来。杜留根握着零票，有点不知所措。

"先生是想开个活期账户吧？好，请出示您的身份证件，再填写一下凭条。"

"身份证件？"杜留根赶紧说，对不起，"我没带身份证件。我只想将零钱换成整的。"

"好的，银行小姐应声将零票拿进柜台。"

杜留根仔细地看了看她面前的牌子：078 号，陶红。

"谢谢陶会计。"捏着换好的整钱，杜留根走出银行。

坐在伞下，杜留根的耳边也不断回响着那句亲切的话语：先生，您好！

这还是第一次有人这样称呼我呢！都说，喂，修车的。也有人客气点，叫他师傅。

先生——杜留根觉得这称呼真好听，真受用。

嘿，修车的，帮我看一下轮胎。一个女人推车过来，冲杜留根吆喝。

杜留根眼皮都没撩，下班了，收摊。

此后的许多天里，杜留根还沉浸在陶红会计那悦耳的问候语中。后来，杜留根又去了几次银行，仍然是零钱换整钱。于是杜留根又享受了几次陶红悦耳的声音。

陶红会计的声音使杜留根沉醉，可现实的更多声音却使他心烦意乱。

患病在床的大儿子的呻吟声，二儿子要上学的哭喊声。

他必须尽快拥有一笔钱。

杜留根最后一次走进银行，秋天已经悄无声息地到来了。那一天正淅淅沥沥下着一场秋雨，雨中的大街行人稀少，银行里也没一个客户。杜留根咬着牙从伞下站起来，穿越马路，向银行挺进。他的右手揣在兜里，紧紧地握着一件东西。

有两辆车从他面前穿过，使他不得不在马路中心停留片刻。

当他走到马路的那一边时，发现有一个人已经走进银行了，杜留根犹豫片刻，还是一脚踏了进去。

于是，他看到了一个意想不到的场景：比他先进去的那个人正持着一支手枪对着里面，粗暴地吼："快将钱扔出来，不然老子要开枪了。"

杜留根看到枪口下的女会计陶红正迅速地将钱箱锁好。杜留根稍一犹疑，猛地箭步冲过去，飞起一脚，踢向那人的手腕，那人猝不及防，手枪立即飞了出去。杜留根一个虎扑，跟那人扭打在一起。没想到那人从腰间抽出一把刀来，对准杜留根胸部就是一刀。杜留根眼前一黑，昏迷过去。

杜留根醒来时，已经躺在医院里。床前坐着银行主任、陶红，还有几名警察。

警察告诉他，歹徒已经被抓住。只是歹徒手里的枪是假的，而杜留根的兜里有一支枪却是真的。

警察问："杜先生，您能解释一下您的枪是从哪儿来的吗?"

……

一个秋日，杜留根的妻子到监狱来看望丈夫。妻子告诉他，银行主任带人将他的大儿子送进医院，现在大儿子病已痊愈，二儿子也上了学，银行还资助她养殖了一些鸡鸭。银行有个人经常来看望她，那是一个女会计，叫陶红，说话很好听……

窗外雨声如注。

在幼儿园碰见了你

　　这一天，老吴接到妻子小芸在单位打来的电话，妻子说她下午有事，让老吴两点钟去幼儿园开家长会。

　　老吴的儿子叫阳阳。阳阳今年五岁了，在幼儿园上中班。阳阳每天都是由他母亲接送的，老吴不愿意去接送孩子。老吴说他忙，有许多创作任务，约稿信积了厚厚一大沓，不给人家写，得罪人呀。好在妻子小芸单位不忙，把接送孩子的事全包下了。所以老吴从来没接送过孩子。

　　老吴接到电话，心里老大不情愿。老吴想，开家长会，又要耽误半天时间，我半天能写五六千字呢。

　　老吴在电话里问，家长会能不能不参加？

　　妻子说，一定要参加，今天下午幼儿园请了专家讲幼儿保健知识，很重要。

　　下午，老吴急急忙忙推着自行车来到幼儿园的时候，已经超过两点了。老吴找到会议室，坐在最后一排的一个空座上，老吴看到一个胖胖的妇女正在讲台上讲幼儿保健知识。那专家说的是南方话，很难懂。老吴使劲听了几句，没听明白，索性就不听了。老吴的眼睛看着讲台，脑袋里却在思考着今天上午那篇未完成的小说。再后来，老吴就闭上了眼睛，他觉得看到那位胖专家，他的思绪会受影响。只有闭上眼睛，他的思维才更活跃。

老吴的思维被空气中一丝淡淡的香味隔断。老吴感觉到旁边坐着的是一位女性，而且是一个很美丽的少妇。老吴是作家，他的感觉是准确的。老吴便装着很随意地扭头向旁边看，他看到旁边坐着的确实是一位美丽的少妇，那少妇也正好向他这边看。四目相对的一刹那，老吴的心跳一下子加快。

呵呵，这不是小蓉吗！

这时，老吴听见那少妇低声地问："你是吴村？"

老吴说："你是小蓉。"

两个人都笑了，都说："这么巧，十年没见了，今天在这里遇上。"

小蓉说："你的孩子在哪班？"

老吴说："中三班，你的孩子呢？"

小蓉说："也在中三班。"

老吴说："这么巧，在一个班。"

小蓉说："没想到，我们当初是同学，现在我们的孩子也是同学。"

老吴说："是啊是啊，老同学现在成了家长，来为小同学开家长会呢！"

两个人都笑了。都说："真是太有意思了，太有意思了。"

笑着，两人又同时在心里轻叹一声：唉……

说起来，老吴跟小蓉可以说是青梅竹马，两人在一个村里长大，又一起从乡村中学考到县中。老吴那时还是小吴，小吴长相虽然一般，却也清朗，特别是他的作文好，经常在县市级的作文大赛上获奖，还在市晚报上发表几篇散文，在校园里算个才子，不少女生都佩服他，特别是小蓉，一口一声哥，叫得小吴心里甜丝丝的。小吴也很喜欢小蓉，偷偷地写过不少情诗，小吴想，毕业了，一定要娶小蓉。可是，事与愿违，小蓉后来跟另一个男生好上了。那个男生的父母很有权。毕业后，小蓉没考上大学，男生的父母帮她找了一份工作。再后来的事，小吴就无从知晓了。

今天，没想到会在幼儿园里相见。

老吴刚想问一问小蓉的近况，这时候，讲座已经结束了，家长们都陆续往外走。老吴和小蓉也跟着往外走。两人到了外面，操场上中三班的小朋友正在老师的带领下唱儿歌。找啊找啊找朋友，找到一个好朋友，敬个礼，握握手，你是我的好朋友……稚嫩的童声在空中回荡，老吴想起和小蓉小时候在一起玩过家家的情景，心里怅然若失。

小蓉指着一个扎着小花辫的小女孩说："那是我的女儿。"

老吴也指着阳阳说："那是我的儿子。"

接下来，两人都没说什么。孩子放学了，两人都接着自己的孩子回家了。

第二天，老吴对妻子说："今天，我来送阳阳吧。"老吴又说："以后阳阳都由我来接送吧，我成天在家里写作有点烦，再说，你还要上班。"

这可是破天荒的事情，妻子看着他，一副很感动的样子。

老吴将阳阳送到园里，没有看到小蓉。当他推着车子往回走到幼儿园的门口时，一辆豪华轿车停了下来，小蓉搀着她的女儿从车里钻了出来。老吴赶紧把车子躲到一边。幸好小蓉没看到他。

回到家里，老吴立刻给妻子打了一个电话："晚上你去接阳阳吧……"

保　安

老吴在银行做保安。

银行的保安有好几种。一种押运款，都是二十来岁的小伙子，荷枪实弹，顶盔挂甲，在运钞车前摆开架式，威风凛凛。一种是营业厅保安，提着警棍，在大厅里晃来晃去，也很好。

还有一种，就是门卫。进出银行大楼，都得到这儿登记一下。进出银行的人多且杂，有时真分不清谁是楼里的，谁是楼外的。一不小心，误放进一人，还真有点麻烦。晚上，还得值班。晚上值班，一步不能走，更不能睡觉。保安公司经常下来检查，遇到睡觉的，立马卷铺盖走人。

老吴就是看银行大楼的。

老吴今年四十大几了，很勤快，没事就拿个毛巾擦门。值班室被他收拾得干干净净，利利落落。老吴说，咱干这一行的，就得干出个样子来，不能让人家挑出错来。

我有空的时候，经常到值班室坐坐。一是取报纸信件，二是拿稿费。作家嘛，发不了大财，小钱总是有点的，三五十、二三百的，不等。虽然，在很多人眼里毛都不抵，但，对于我等凡人，有总比没有好。

你太牛了，稳稳地拿着工资，还有这份外快。老吴说。

他觉得这份钱来得太轻松了，哪里知道我在电脑前七拼八凑的痛苦劲儿。

老吴除了当保安的工资，也有一份外快，那就是踏电动三轮带客。这个活儿也不轻松，风里来雨里去的，还得躲着交警。但每天也能踏个三五十的。

没办法呀，得活人啊。上有老下有小，得养活啊。老吴说。

老吴两口子本来都是工人。有一阵子单位效益还不错，广告上说，产品都远销美国、东南亚。可就像放炮仗一样，"嘡"地响了这么一下子，就没动静了。老吴本来可以不下岗的，但老吴口快心直，跟总经理顶了一下子。总经理一怒之下，让老吴下岗了。老吴的老婆也可以不下岗的，但，跑去骂了总经理，也下来了。

这样，两口子都没了工作。

几经周折，老吴做了保安。老婆帮着医院里的病人洗洗衣服，补贴补贴家用。

这时，儿子也大了。没念上书，初中毕业就下来了。当然书没白念，在学校里就谈了一个媳妇。两个年轻人开了一个小吃部，干得挺欢实。两年前，结婚了。不到三个月，生了个大胖小子。

老吴的老婆就不再去医院了，干脆在家里带孙子。当然，还得服侍七十多岁的婆婆。

四世同堂，挺好。

老吴有两个兄弟。一个哥，一个弟。哥做生意，越做越大，火得不得了，能管厂里百十号人吃喝。弟弟在政府做公务员，也是个科级干部，手下也管着十来号人，日子过得也很舒坦。可是，这对老吴的生活有什么影响呢？老娘还得靠他这个混得最清苦的儿子来养。那活得滋润的一哥一弟从不傍边。

一娘生九等，花开十样红。哪个有哪个好，没有的就按没有的日子过。老吴很豁达。

时间过得飞快，一眨巴眼睛又是一年啊。

一天下班，老吴拦住我说，作家，请你做个事好吗？

我说，什么事啊，只要我能帮忙的，尽力做呗。

我这个人，性格就是好，平易近人，从不拿自己当作家。

这样的，老吴说，一年又到头了，公司让写个总结，队长透露，有意评我当先进，我小学毕业，字都认不全啊，寻思着请你帮个忙，编两句。

我说，可以，你得讲讲你的闪光点啊。

他说，看大门，有啥闪光点？

我说，没有也得找呀。

他啰啰唆唆说了一些，都是日常工作。我说，不行，还得找一找。

他说，有了，那天，我踏三轮，拉着一个姑娘，她让把她拉到登瀛桥去。我就把她拉去了。到了那儿，姑娘下了车。姑娘给我 100 块钱，说不用找了。我觉得不对劲，就躲在暗处看。就见那姑娘在桥上站了一会儿，突然，跃过栏杆，跳下去了。我赶紧冲过去，跳下去，把她救了上来，送到医院，从姑娘的手机里找到个号码，打通了，说了情况，然后我偷偷地溜了。

我说，敢情报纸登的《三轮车夫勇救失恋女》，就是你呀，那姑娘的父亲是位老板，重金悬赏救他女儿的人哪。

他说，你千万保密，要不是今天被你逼得没办法，我可不说。

我说，可这不能写进总结呀，因为，这不是你做保安职责范围内的事啊。

他说，就是嘛，我就是这么一说，别传出去呀。我再给你说个事啊，今年九月，我值晚班，赶巧我一个最好的朋友请我喝酒，我就让我儿子来帮我值一会儿班。就在我喝完酒，往班上赶，路过自动取款机那儿的时候，突然看到两个年轻人架着一个取款的中年男人。我过去一声大喝，那两个年轻人仓皇逃走了。那个中年男人拉着我的手说，太谢谢你了，我正在这儿取款，那两个家伙围过来要抢劫我，幸亏你来了，不然，我就完了。

我说，这事我知道啊，那中年男人姓周，是某公司老总，要感谢你，你说啥也不要，拔腿跑了。后来，我们银行还接到了一个电话，说有人在取款机前抢劫作案，银行保卫人员加强巡查，自助银行全年安全无事故啊。

他说，那也是我呀。

我说，这也不好写啊，因为这不是你职责范围。再说，那天，你私自离岗，跟朋友一块出去喝酒的，细究起来，怕还要追究你的责任呢！

他想了想说，那就算了，再也找不到什么闪光点了。

尽管再没找到什么闪光点，我还是想办法帮他写了一份总结，说他怎样学习业务、恪尽职守、服务规范、深受银行员工好评的。当然，很多是虚构的。

我觉得我写得不错了，任何一个保安也写不出这样的总结来，可是，他最终没评上先进。

我说，不好意思，我总结没写好。

他笑笑，说，不赖总结的事，我听说队长跟每个人都放过报先进的风，关键是总结之外的功夫，按你们作家的话来说，叫，功夫在诗外。

他这一句话，把我逗乐了。

是啊，现在，什么事，都是功夫在诗外啊。

难过的年

快过年了，母亲说，今年给你们做件新衣裳吧。我们哥俩都乐得直蹦，自从家里盖了瓦房，日子过得异常紧巴，已经好几年没添新衣裳了。尤其是我，穿的都是哥哥落下的旧货，极少有新衣穿。

快过年了，我家的小猪病了。这头小黑猪刚买来没几天，就躺在圈里直哼哼，不吃不喝。我母亲撅着脸对父亲说，你就会识那几个破字，让你当回家还买头病猪回来。父亲二话没说，到街上去请兽医何先生。

那天，我和哥在屋里老老实实地写作业。这时候，要表现好点。因为母亲的心情不好，一惹她生气，新衣裳就泡汤了。

可过了一会儿，我就按捺不住了。把作业本合上，摊开，又合上。如是者几次，最终把作业本合上，出来对母亲说，铅笔用完了，我要到街上去买一支铅笔。

母亲正在猪圈里哄小病猪吃食，心思不在我这儿，头也没回说，去吧。

我答应一声，回来收好作业本，跑了出去。我知道，哥一定在后面拿眼睛狠狠地瞪我。

走到半路上，遇到了父亲，和何先生一前一后走着，两个胖子，走得气喘吁吁。何先生我们很熟悉，他经常拎着个皮包行进在村路上，我们背地里叫他"何皮包"。

我很礼貌地叫了一声，何先生好！

何先生点点头。

父亲没答理我，跟何先生接着往村里赶。

我知道，他们的心思也不在我这儿，在猪那里。

在街上转了一会儿，转到裁缝店。这个裁缝店是李红卫他爸开的。李红卫他爸李裁缝正拿着个大剪子，喀嚓喀嚓地剪来剪去，还有两个女的在里面咕吱咕吱地踩着缝纫机。

我想到过年的新衣裳将在这里做，心里顿生暖意。

这里候，李红卫从里间屋出来了，见到我欢呼一声，对李裁缝说，爸，我跟二品先回家了。没等他爸同意，就一蹦一跳地出来了。

李红卫跟我是同学，又是邻居，每天都被他爸带到裁缝店里做作业。

两个人在街上闲转，就转到大队部，正好黄二奶从里面出来。

说是黄二奶，也就四十来岁，因为她男人黄二爹辈分高。

黄二奶是我母亲的上级。我母亲被抽选到大队里做计划生育工作，黄二奶是组长。几个人经常一起到村里找"大肚子"。

黄二奶叫住我说，你来得正好，把你妈的工资带回去。黄二奶从兜里掏出两张 10 元的票子，叮嘱道，兜里放好，这可是你妈跑了一年的汗水。

我就把 20 元钱放在裤兜里，和李红卫往家里走。

一路上，不住地捏捏兜，感觉一下两张票子的存在。

这 20 元钱多么重要，正是我和哥的两套新衣裳钱呀。

要到村口的时候，我们找个墙角坐下来，要玩一会儿火柴壳。把火柴壳压扁了，放在地上，拍，谁拍过去，就算赢，这个火柴壳就算归谁。

那天我运气好，把李红卫的火柴壳都赢了过来。

我把火柴壳都放在裤兜里，高高兴兴地往家跑。还没到家，就听到猪圈那边传来母亲的哭声。我们家那头小黑猪死了。

我父亲劝，算了，开春再买一只吧。

"何皮包"叹口气，收拾好他的皮包，回家了。

我想安慰母亲，说，妈，我把你的工资领回来了，是黄二奶给的。说着，就在兜里掏，可掏出来，只是一叠火柴壳，没掏出一分钱来。

我傻了。母亲也忘了哭，说，再掏掏。父亲过来帮着找，把兜翻过来，才发现兜早就破了一个洞。那两张票子就是从这个可恶的洞里溜下去的。

父亲把我的裤子脱下来，里里外外地找，抖落，也没有两张票子的影子。

我立即就想到，刚才在村口还在的，只是被火柴壳压着，掉下去的。

父亲、母亲带着我，沿着原路一直找到村口，连两边的沟汉都找了，两张票毛都没找到。

我听到母亲发出绝望的哭声，你们这爷儿俩呀——

那个年过得真难呀。不仅没穿上新衣裳，吃的方面也比往年要少，要差。往年的肉圆，要吃到正月十五，那年才吃到初八。往年的肉圆吃到嘴里，有着实实在在的瘦肉的感觉，那年吃到嘴里的，都是面疙瘩的味啊。不是有一头病猪吗？唉，病猪杀了，猪肉下水都被乡亲们匀着拿了，他们说，这样收回点本钱，再添些，开春还能买头小猪放圈里。那时候人们没什么讲究，谁家猪死了都这样分着吃了。往年我都要不管一切地玩几天的，可那年，从未有过的负罪感，使我成天躲在家里做作业。特别是看到李红卫穿上新衣裳，心里更是堵得慌。那几天，我一直分析，这钱有可能被两个人捡去了，一个是李红卫，一个是"何皮包"。因为李红卫跟我一起进村的。而"何皮包"，正好回家要走那条路。

"何皮包"可以排除。这家伙是个近视眼，他回去的时候，已经是黄昏，光线不好，应该看不清路面有什么了。

肯定是李红卫！自从我丢了钱后，他好长时间没来找我玩。当这种感觉更加强烈时，我对李红卫痛恨起来。我们是同学呀，好朋友呀，你怎么能昧下这钱，让我遭罪呢？

于是，我也不理李红卫了。甚至还有李红卫的父母。

好不容易过了年，开学了。一天，我碰到了李红卫的母亲。我低着头，跟没看到她一样，走过去，李红卫的母亲却拉住我，问，你妈怎不给你做新衣裳呢？

我没好气地说，本来要做的，钱让王八蛋捡去了。

李红卫的母亲想了想，说，实话告诉你吧，钱已经找着了。

找着了？

是啊，是我家红卫捡的，捡到后交给了我，我又一分不少给了你妈。

你撒谎，那我妈怎不跟我说，怎不给我做衣裳呢？

这我就不清楚了。反正，你妈还特意叮嘱我们娘儿俩不要告诉你。

我气哼哼地往回走，我要去责问母亲，可是到了家门口我的气全消了。

我看到我们家的猪圈里多了一头小猪，欢快地跑来跑去。

唉，小猪都这么欢快，我还生嘛气呢？

难说的话

那场武斗发生在午后。本是难得的暖阳天。

我拎着收音机到屋前的草堆前晒太阳，听刘兰芳的《岳飞传》，正说到岳飞大战金兀术，只战得天昏地暗，飞沙走石，三军悚惧，鬼神皆惊。

我的耳朵在听，眼睛在看。当然不是看收音机，而是看吵架。

吵架的是牛四爷和牛五爷。牛五爷是我家的邻居，牛四爷是牛五爷的邻居。他们是亲哥俩。

亲哥俩吵什么架？亲哥俩也有说不拢的时候。

听说午饭前，这哥俩高高兴兴结伴向后村去的，后村是他们姐姐牛大姑家。

过年了，乡下人难得清闲下来，走亲串友，大玩几天，大口大口地喝酒，大把大把地耍钱。

姐姐请客，哥几个多喝了几杯。喝完了，本要耍一会儿钱的。可都喝得有点多，就散了。

牛四爷和牛五爷家住在一起，就结伴往前村走，边走边聊。本来聊得火热，到了家门口，却"呛"了起来，你一句我一句的。

本来，"呛"两句就完事了，可那天他们真喝高了。

这个说，我非把这理"扳"直了。

那个说，我非把这理"扳"正了。

就指手画脚，指天画地，互相喷着唾沫星子，来扳理。

但这理扳不直，越扳越弯。

当收音机里，岳飞指责金兀术无端犯境、金兀术狡辩"有德者居、无德者失"的时候，牛四爷和牛五爷也在相互责问；当岳飞催马向前，与金兀术"金枪会钢斧"的时候，牛四爷和牛五爷也交起手来。

此时，我的收音机里，岳爷把沥泉金枪一挥，大吼一声："还我河山。"宋军冲过去，跟金军混战起来。

这时候，牛四爷和牛五爷家里都有人出来了，出来不是劝架，而是男将对男将，女将对女将，混战起来了。

这两家已不是动拳头了，而是各找兵刃。这个找来粪叉，那个找来钉耙，还有的就地捡起一块砖，拍向对方。

我们这里的规矩，吵架的时候，没人劝。怎么说呢？动动嘴皮子，累了，也就过去了，没什么好劝的，越劝反而越乱，弄不好连劝架的也搅和进去。

一旦打起来，就得劝了。不劝，非打死人不可。况且，已经升级到混战，那么大动静，不出来说不过去了。

本来都在屋里打麻将、玩牌呢，这时候，一呼啦全冒出来了，拉，劝。

晚了，局面已经失控。

真是一场恶战呀。

是我见到的村里最激烈的一场武斗。

一年后，我在街上电影院看电影《少林寺》，结果电影没看着，却看到了一场打架。是街上的两个痞子的老婆看电影因座位问题吵起来，各自叫来丈夫。丈夫又叫来各自的团伙，在电影院里打斗起来。

那场打斗，也没牛四爷家和牛五爷的武斗激烈。

武斗终于在村干部的全力协调下，停止了。古人云，二虎相斗，必有一伤。"两牛"相斗，是两败俱伤。两家都有好几口被送进医院。

武斗停止了，剩下还有很多工作要做。村干部要来调查武斗的情况，关键是谁先动的手。村人吵架，一般是不动手的，一旦动起手来，村人的标准，以先出手为理亏。

排来排去，村里唯一的目击证人是我。

村干部就来到我这里取证。取证前，我父母对我说，二品呀，你心里要有数。

我知道他们的意思。我家一直跟牛五爷家不和，经常吵架，而跟牛四爷家的关系一直很好。

那是我唯一一次做证人。我怎么能作伪证呢？做人要诚实嘛。我就对村干部说了实话，是牛四爷先动手打的牛五爷。

我还绘声绘色地讲了他们交手的经过，跟说《岳飞传》似的。

村干部夸了我一句，不错，长大能到收音机里说书。

我笑了，在村干部的记录上认认真真地写下自己的名字。那是我第一次在公开场合签字，感觉很好。

当然，这种良好的感觉很快就没了。一到家里，我就被父亲褪下裤子，狠揍了N鞋底。

我父亲还专门跑到牛四爷家道歉，痛心疾首地说：

二品这孩子，太让我失望了！

这事过去好多年了。现在想起来，心还隐隐地痛。

去年，我们这里的文坛也吵了架。散文和诗歌吵起来，互相在网上撰文章骂。有大义凛然署上自己名字的，也有披着马甲说话的。吵得不可开交。

我是写小说的，本来想说两句公道话，可我什么也没说。

吵两句就吵两句吧。好在都是文化人，不至于打起来。

二表姐

大姑父的二女儿叫秀兰，我的二表姐。

二表姐系阜宁师范毕业。那时候，我们那里很多乡村中小学师老师都出自阜宁师范。而许多同学以初中毕业考上阜宁师范为荣。

二表姐学习成绩很好，用大姑的话说，争气，不劳神。

二表姐阜宁师范毕业后，就到邻乡的中学教书。住校。每个星期回来一次。后来，两三个星期回来一次。

因为恋爱了。男朋友是一个学校的老师，叫小钟。他们还是阜宁师范的同学。

小钟教语文，会写诗。二表姐既爱小钟的人，也爱小钟的诗。

那年头写诗还挺走俏，诗人身后往往有一大群粉丝，不像现在门前冷落鞍马稀。

二表姐就是小钟的超级粉丝。

那时，我在我们乡中学就读。我曾经看到小钟骑着自行车带着二表姐来我们学校看他们的同学。

小钟很帅气，长发，红 T 恤，牛仔裤。很酷。

那年头，这种打扮的，不多，另类。一般都是小流氓。

小钟的打扮，很让人刺激。用现在的流行语说，哇噻，酷毙了。

少年梦·青春梦·中国梦——中国故事
[邓洪卫] 春天送你一首诗

那时，没这词儿。只得咽口唾沫说，真咸（爱打扮）！

一天，二表姐带小钟来家里见大姑父。

大姑父很恼火，他无论如何也不同意这门亲事。

不同意的原因，不是小钟的打扮，是小钟的面相。大姑父大字不识，但跟一个相面先生交谊甚厚，也学会看相。

大姑父说，小钟的耳朵，跟别人不同，耳骨往外突，那是反骨呀。这样的男人狡诈多变，小里说，薄情寡义，是个花痴，一生不知要饮多少眼井水；大里说，兴风作浪，祸害一方，动荡不安，这样的人万万嫁不得。

什么样的男人可信度高呢？大姑父说，如果耳朵高度与眉毛并排或略低，是思想正经、不会胡搞乱来的男人，可以托付终身。

大姑父的一番言论，宣告小钟和二表姐的爱情结束。不久，小钟调到城里，再也没跟二表姐往来。

据说，二表姐很为小钟的离去伤心了一阵子。那年头的人很单纯，很相信爱情，很注重初恋。现在，有几人把爱情当回事的呢？趁着年轻，玩呗。

就在二表姐极端伤感的时候，小黄及时出现了。

小黄是体育老师。临时工。

小黄生得虽然瘦小，但很灵活。篮球打得特别好，投篮很准，蹿上蹿下，跟猴子似的。

可是，毕竟没有正式编制，哪能配得上正规学校毕业的二表姐呢？

问题是大姑父居然看上了小黄，因为小黄耳朵高度与眉毛并排。

不久，二表姐跟小黄结婚了。没想到，结婚后，小黄的劣迹就全露出来了，居然把一个女生弄大了肚子，被学校开除了。

小黄痛哭流涕地请求二表姐原谅，给他一个改正的机会。

二表姐心软了。

小黄在学校待不下去了，就进了县城做生意，还真做出门道来了。

在县城买了房，想办法把二表姐调到了县城。而且，他们有了儿子，叫乐乐。

那时候，我们经常看到小黄骑着摩托车，带着二表姐、小乐乐满街跑。

二表姐算过了几年好日子。

可时间一长，小黄老毛病又犯了，吃喝嫖赌都沾上了，成天不归家。

已经到了无法容忍的地步。

就离了。

房子归二表姐。儿子归小黄，但由二表姐抚养着。

其他财产呢？

唉，也没什么了，这几年，都被小黄挥霍光了。小黄不久就带着一屁股债，人间蒸发了。

二表姐带着乐乐生活，虽然辛苦点，但也清静了。

就这么过了许多年，小乐乐已经大学毕业，在南方大城市找到了工作。

而二表姐也有了男朋友。

都没见过。不知是谁。

大姑父八十大寿那天，二表姐带着乐乐，还有新男朋友来了。

我们都大吃一惊，原来是小钟。

应该叫老钟了，四十大几了吧。

老钟已经是县中学的副校长。老钟送给大姑父一块匾额。匾额上是自己的书法：椿树千寻碧，蟠桃几度红。

龙飞凤舞，很见精神。

大姑父不认字，问老钟，写的什么呀，好像不是"福如东海，寿比南山"啊。

老钟念给他听。说，就是祝您长寿的意思。

大姑父突然叹了一口气，唉，我这么糊涂的人，长寿有什么用啊。

两行浊泪落下来。

三表姐

三表姐叫秀琴。

三表姐小时候不吃书。我刚读书的时候，老师出了几道算术题。我不会做，找隔壁四年级的三表姐。三表姐做了，我满以为能得到老师夸奖，不料老师把整张纸揉了，扔在地上，斥道：十道题错了八道，笨死了。

我才知道，三表姐在他们班是倒数第一，而且连着留了两级。

三表姐小学没毕业就念不下去了，下来帮大姑做点农活。三表姐娇气，干不惯农活。大姑没办法，只让她在家里刷锅洗碗。

稍稍大点，二表姐就到邻县滨海一个亲戚开的饭店里做服务员。

三姐长得很好看，乡里很多人为她做媒。大姑三天两头往滨海县城跑，让她回来相亲，可三姐不回来。

三姐说，我不想在乡下找。

不想在乡下找，当然是想在滨海县城找。

可滨海县城就这么好找？

县城里的人，就会轻易地要一个乡下姑娘？

一次次地打击。

就在三姐灰心失望的时候，她遇到一个开废品站的小伙子。

就是这个小伙子成了我的三姐夫。

三姐夫姓温。都叫他小温。

小温是个胖子，长得也黑，还有一只眼睛不太好。他唯一的优点是他是滨海县城人。

我很少见到他。最多过年的时候，他跟三姐回娘家，碰巧我也去大姑家，能见着。

看得出来，小温很勤快，对三姐很好。

我考上大学那年，是到滨海县城跟车去的学校，在他们家里待了一晚上。

小温亲自下厨，为我们做了几个菜，说给我庆贺一下。

他的手艺很不错，菜做得很好吃。

那天，是三姐煮的米饭，很不幸，饭煮糊了。

上车的时候，三姐塞了 10 块钱给我。

大学毕业后，我到银行工作。有一天，小温一个人来。小温想拿贷款，扩大他的废品站规模。

我有些犹豫。

小温说，我这么丑的人，配不上你三姐啊。我想尽快富起来，让你三姐过上好日子。

这句话打动了我。我当即给他贷了 5000 块钱款。

那是上个世纪九十年代中期，5000 块钱是笔不少的数目。

不久，我父亲来，问我，小温在你这儿拿贷款了吗？

我说，拿了。

我父亲说，你自己还上吧，他坐牢了。

原来，他多次收买别人偷来的公家的东西，包括电线、井盖，金额巨大，被判了六年刑。

我大姑父去看他的时候，他让人给我带话：我出来会还的。

我大姑父把话传给我父亲，我父亲又把话传给了我。

我听父亲的话，把钱还上了。

一晃十年，我再也没见着小温。

后来听别人说，他坐牢回来了。找了几个挣钱的门路，都不太行，亏本。

去年春节，大姑父八十大寿。小温和三姐都回来了。

小温比以前瘦了，黑，那只坏眼一点光也没有。更显得老了。

桌上，他不停地敬我酒。

他说，小二舅，那钱，我会还上的。

他说，小二舅，实在对不起，拖了这么长时间。

他说，这么多年来，我苦坏了，本来攒好钱，几次要还的，可是逢上我父母先后生病，要钱；逢上老房子坏了，要重买，要钱；逢上两个孩子念书，要钱。你知道，在城里没个正经工作，生活很难的，当初还不如在乡下种田呢！

他一杯一杯地喝酒，一口一声小二舅，不住嘴地道歉，倒弄得我很不好意思。

旁边，三姐劝他。最后终于忍不住斥道，你糖尿病还敢喝，喝倒床上谁来服侍你，这么多年，你还嫌连累人不够！

我赶紧夺过他的杯子。

他伏在桌上，呜呜地哭了起来。

桌上的人有点无措。我劝他，别哭，会好起来的。

我还说，不就5000块钱吗？不用还了，我也不在乎。

有一句话，我始终没说出口。

就在他坐牢后不久的一天，三姐专程到银行找到我，把5000块钱连本带息还给我。

三姐说，他坐牢了，我也没什么依赖了，跟一个小姐妹合伙做了点生意。

她还嘱托我，千万别跟他说，我还钱了，让他有一种紧迫感。

三姐还说，我嫁给他，以为他是城里人，有个依靠，不料，恰恰是这个城里人，连累了我。

我知道这几年，三姐瞒着小温在外做了生意，积攒了一些钱。她不想把钱花在和小温的生活上。

　　她打心眼里看不起小温。

　　等到两个女儿大学毕业，工作了，我就和他离婚。

　　这是三姐在吃饭前对我说的话。

门　卫

单位有个门卫，叫老郑。有点来头。据说是上面某领导的亲戚。

老郑很尽心尽职。弄个充气筒，帮着人充充自行车气。老郑还负责分发信件。他分发信件很认真，从无闪失。还负责烧开水。传达室外有一大锅，老郑每天一大早就烧好一锅开水。单位四个楼层六个科室的开水，都在这里供应。

单位里的人都夸，老郑这人不错。

单位当时从效益方面考虑，只聘了老郑一人做门卫。老郑就在收发室里煮饭烧水。一开始，老郑是一个人在这儿吃，后来，老郑的一家一到饭点上，都来了。

老郑爱做油炸的菜：油炸花生米，油炸春卷，油炸鱼干。这样的菜下酒。

每天中午十一点多，油味弥漫整个大楼。一整楼的人肚子都叽里咕噜地叫：下班了下班了。

老郑好酒。

每天两顿，中午和晚上。每顿一茶杯酒，大概有三两。酒不是太讲究，大都是5块钱的汤沟。也有喝好酒的时候，那是单位人出去喝酒，剩下半瓶，带回来做个人情，给老郑了。老郑很高兴。

有时候，单位有人下班晚了，就到传达室，跟老郑喝两盅。挺好。

我在单位办公室上班，业余写点小文章，经常有些汇款单。我上下班的时候，路过门口，常看到他向我招手。我就知道，十有八九又有钱来了。

他说，请客啊。

我笑眯眯地答，好嘞。

本来是说着玩玩的，最后，觉得还是请一回比较好。虽说，收发信件是他的职责，但如果他瞒下一两张汇款单，或者藏起几封信件，也没办法。

就请他喝了酒。当然，也是一个简单的形式。买几个凉菜，带一瓶酒，两个人对饮。

他喝着酒，大笑着，作家请我喝酒了，我可有的吹嘞。

我当然不把他的话当真。作家算个什么呢？有时，真不如他活得自在轻松。

他没有什么任务。做完一些机械性的活儿，就待着看电视。他看电视似乎不调台，每天都是中央一套。什么节目他都看得津津有味。有一天，我看到他看电视咔咔地笑出声来。一看，原来是动画片，这么大岁数还看动画片，还能看出味道来，真不简单。

老郑性格好，这是公认的。单位里有人这样咒人：你再这样下去，老郑也不答理你了。

当然，门卫这个岗位，有其特殊性。这特殊性就在于，老郑能知道一些单位里别人不知道的秘密。比如，有些男女同事会借加班为名，搞点小动作。再比如，领导经常在晚上找一些女职工谈工作。这些，都是心照不宣的事儿。老郑一概不问，睁一只眼闭一只眼。领导当然也对老郑特殊照顾。逢年过节，发点东西，正式工有的，老郑也不能少。一阵子，单位效益不太好，职工发的工资很低，可老郑的工资却一点没减。领导说了，人家是临时工，得按当时协议上的来发。

这一点，曾让很多职工心理不平衡。但这种不平衡只在心里。谁跟一个临时工攀比呢？况且，人家老郑性格温和，从没跟谁结过梁子。

后来，单位发生了一些变动，协议解散了一些职工。这些职工，按工龄长短，都得到了相应的补偿。工龄长的员工，能得到十几万。短的，只有几万。

老郑却稳稳的，没人解散他。

又过了三年，忽然，上面有了新规定，传达室的临时工必须清退，由保安公司接管。这是没办法的事儿，老郑再有来头，也得退。

我在办公室分管人事，觉得这点小事，不在话下。当年，那么多正式工都走了，一个临时工，能翻多大泡泡。只需把上级的规定拿给他一看，就得乖乖地走人。

可我想错了。

老郑笑眯眯地看完文件，说，好，我也想走。

老郑接着问，我来多少年了？

我算了算，说，连头带尾，十五年了。

老郑从抽屉里拿出《劳动法》来，指着第二十条说，这有规定：劳动合同的期限分为有固定期限、无固定期限和以完成一定的工作为期限。劳动者在同一用人单位连续工作满十年以上，当事人双方同意续延劳动合同的，如果劳动者提出订立无固定期限的劳动合同，应当订立无固定期限的劳动合同。

老郑说，我已经超过五年了，不能这么一辞了之，得按正式工一样，给予补偿。另外，这么多年，都是我一人值班。国家可有规定，每天的工作时间不得超过八个小时。我每天二十四小时不间断上班，就该得双倍的报酬。还有，全年的法定工休日为一百零四天，法定节假日为十天，我一天没休过，得付加班费。

老郑给我算了算，得补偿 15 万块钱。

我有点措手不及，没想到笑眯眯的老郑会有这一手。

我赶紧上去汇报。

领导说，没想到，清退个临时工，还有这么多说道。当年，协议解散正式员工，也没这么多条件。一分钱也不给。

可第二天，领导又对我说，我找过律师问了，老郑的话在理，就按老郑说的办吧，不过注意保密，不要让别人知道。

于是，老郑轻轻松松拿了 15 万，走了。

他走了，给我留下了不解之谜。难道真是法律的效果吗？

要知道，不少正式工走了，也没拿走这么多钱。

更为不可思议的是，忽然有一天，老郑又回来了。这家伙穿着一身保安制服，很神气。

原来，他到保安公司应聘，做了保安。

保安都是到各个单位轮流值班的。县城配备保安的单位本就不多。三轮两轮，轮到原单位了。

老郑仍然笑眯眯的，跟以前一样。

只是那身保安服穿着，有点别扭。

醉　汉

下午四点，我爬上了公共汽车。

我从县城的家，赶奔市里。明天要上班。

还没到发车的时间，大家都很无聊。

这时候，那个灰西装的男人骂骂咧咧地上了车。我知道他的情况不太妙。

他喝多了。

从他的骂骂咧咧中，我听出来了：他从新浦来，到阜宁县。到了我们县的时候，那辆车不走了，把他卖到这辆车上。

卖的不止他一个，还有几个，跟着衬两句。他骂得最凶。

车上人也说，现在跑车的人太不地道，服务太差，把旅客卖来卖去的。

这时，售票员上来了。

售票员是个女的，一阵风似的上了车。向后面看看，指指点点。我知道，她在数人。刚才上来几个，她得卡个数。数完了，扭脸对那个灰西装说，坐后面去。

那个灰西装刚稳当下来，被她这一说，又来劲了。就像一尾鱼，在水缸里蹦了几下，沉入水底，水面上一有动静，扑棱，又蹦起来了。

我就坐这儿怎么啦？我是乘客，想坐哪儿坐哪儿！

不行，女售票员说，这是我坐的地儿，我要招呼开门关门，你还是后面去吧。

这不是两个座吗？这么大地方坐不下你？他嚷。

确实如此。我猜售票员是受不了他的一身酒气。

我就是不走，就坐这儿，谁敢动我？灰西装吼道。

女售票员愣着，说，后面座位多的是。

灰西装还是不让，七个不服、八个不平，骂骂咧咧。

这时，驾驶员上来了。驾驶员劝，有话好好说，您别骂人啊。

怎么的？我就是骂人啦，你敢怎么的！

驾驶员这火就上来了，抓起灰西装的脖领子，张开手，啪啪，扇了两耳刮子。

大家都知道，下面有好看的了，那灰西装肯定跳起来还击。一场恶战不可避免。

后排的人都站起来，伸着脖子往前看。

可出人意料，那灰西装手抬都没抬，口气立即软下来，大哥，我喝多了，您原谅我。

驾驶员说，滚，我看你就腻味，下去。

灰西装接着说软话，我回去有急事，我嘴臭，不说话了，不说话了。

驾驶员连推带搡，把灰西装推下去了。"唰"，门关上。车子开动。

灰西装拍着窗户，似乎在告饶，还想搭这班车。车子出站，上路了。

这人，太不像话了。车上人开始议论。

一看就是小瘪三，还硬充黑社会老大，你看他那屁样。

这种人，就该给他个教训。

驾驶员说，我没想把他怎样。跟他动手，我嫌手脏。

车子在疾驰，一路欢歌笑语。

到了一座桥，桥那面就是阜宁。

桥面上站了几个大汉，拦在车前。

车上的人都噤了声。

为首一个大汉拍窗户，叫，下车下车！

驾驶员说，大哥，我们一车客要赶路，不能下车呀。

大汉问，是不是你打我兄弟了？

驾驶员说，没有啊，我从来不打架的。

大汉说，就是你，我兄弟说的就是你，他跟下一班车，马上就来，你等着。

售票员打110报警。

车上也开始骚动，怨声四起。

我们回去还有急事。有人说。

是啊，一桌人等我喝酒呢。

为什么要打人呢？你这车天天打这儿过，打人能跑得了吗？

坐这车真倒霉。

110警车来了。驾驶员和售票员才敢下车。他们坚持说没打人。

大汉说，我兄弟说就是这个车号，他在后面，马上就到。

110说，那就等你兄弟来吧。

不行，我们都有急事。有乘客嚷道。

把我们一车客撂这儿算怎么回事呢？

110有点犹豫不决。

售票员说，这样吧，我留下，等候处理，让他把车先开走。

110同意了。

大家扑扑啦啦，上了车。

驾驶员又启动车子，继续向前驶去。

不怕的，你们有理，是那个小瘪三先骂人的。

是啊是啊。

驾驶员一句话没说，铁青着脸，狠狠地把烟吐向窗外。

火光一闪，归于平静。

俗　事

坐公共汽车，单人出门的，都希望碰到一个好的旅伴。

好的旅伴，性情相合，话语投机，可以一路聊下去，旅途便不再寂寞。

我也一样。这两年，老坐公共汽车。如果身边是一个美女，很养眼，旅途就很愉快，两个小时的路程，本来很长，很无聊，现在却很短，很充实，到站了还不想下。

如果身边坐着个醉汉，或者不讲卫生、一身异味的人，完了，要多痛苦有多痛苦，只恨路长！

还有，都希望旁边坐一个瘦子，这样宽敞舒适一些。两个胖子挤着，胳膊挨胳膊，挤出一身臭汗，没意思。

有一回，我上车很晚。一看，全满了。只有中间一排，有一个胖姑娘这儿空着，赶紧过去坐下。这胖姑娘一句话把车上人都逗乐了。

姑娘说，唉，等来等去，也等来一个胖子。

闲言少叙。这一回，我的旁边坐着一个瘦子，小伙子，坐着不停地翻手机。翻着翻着，不由长叹一声：唉。把我吓一跳。

他似乎在等待着我问，年纪轻轻的，因何叹息啊？

可我没问。如果是个姑娘，我或许会亲切地问一句，姑娘，怎么啦？

小伙子等了半天，见我没问，就说，你说人活着简单好，还是复杂好？

我说，说不准，太简单了，没意思，太复杂了，也没意思。

他挠挠头，说，爱情是不是越简单越好？

我说，你这话题，太复杂，太深奥。

他说，我觉得是越简单越好，包括婚姻。当年，我爸跟我妈，经媒人介绍，认识了，媒人问我爸，满意不？我爸说，成，是个女的，没狐臭。就这样，我爸和我妈就成了。过了几十年。你说多简单啊。

我说，是够简单的。

他说，可现在呢，整得挺复杂，一大筐杏子挑来挑去，不还是挑着烂杏子吗？

我说，说得也是。

就比如说我吧。挑来挑去，挑到第五个，哎，满意了。我觉得她就是为我而来的。我们天天在一起，跟一个人似的。可最近，她离开我，到上海去了。她的一个亲戚在上海给她找了一份好的工作。我不想让她去，可是，我们厂里的待遇也太低了。她说，到上海站稳脚跟，让我也过去。

好事啊。我说。

好个屁呀，问题就出在这儿了，她到了上海，就是不告诉我在哪儿上班。起先还给我通电话，后来，电话也不接，信息也不回了。

噢，她可能刚到上海，忙吧。我说。

忙个屁呀，白天忙，晚上也忙？分明是不想答理我了。

这还真说不准。

大哥，你就知道说不准。昨天，我忍不住，去上海啦。

有什么情况？我的精神头上来了。上海之行，肯定有故事。我这个作家又可以写一篇小说啦。

我先找我上海的一个朋友，朋友很高兴，说请我吃饭。还说，他刚泡了一妞，不错，中午喊过来一起吃饭。还当着我的面打了电话。我说，我也请我女朋友来吧。一打电话，人家没空，说晚上要加班。

我的心一冷，莫非他朋友的女朋友，就是他的女朋友？这也太没劲了。只有三流的写手，才整这么一个故事出来。

我们到了饭店，先坐下，等。等了一个多钟头。我朋友解释说，离得比较远，堵车。我说，没关系。正说着，门开了，门口站着一个女的，我一下子惊呆了。他接着说，情绪有点激动。我却越来越提不起神来。

你猜那个女的是谁？他问。

你女朋友吧。我懒懒地说。

是啊。他几乎是喊出来的。

可是，她不是加班，来不了吗？我说。

就是啊。这也太过分了。那一瞬间，我也明白怎么回事了。她站在门口半天没缓过神来。我那朋友也明白怎么回事了。你可想象得出，那场面是多么尴尬啊。

接下来呢？我问。

接下来，她掉头跑了，我也转身就走，撂下我朋友一人面对一桌子菜发愣。之后，她不停地发短信给我道歉。我朋友也打电话给我，向我解释。我朋友说，没想到她是这种人，我坚决不要她了，你也不能要她。这种女人，水性杨花！

我说，是啊，你也别太上心，你这么优秀，会找到真爱的。

我不生气，他说，我是家里的独苗，还指望给家里传宗接代呢，为这个女人气坏了身子可不合算。当时，我打的到了车站，太晚了，没车了，找了个宾馆住下来。躺了一会儿，才想起来，包忘在朋友的宿舍了，赶紧到朋友的宿舍。敲开门，你猜怎么着？

你朋友跟你女朋友在一起。我说。

你怎么猜得这么准，她睡在床上哪。他说。

我心里说，这不用猜，这是三流的小说家写的俗得不能再俗的故事。

他接着说，我拿起包就跑了，第二天一早，跟车就回了。今天周末，回家，爱情是假的，只有亲情是真的，算一算，已经半年没回家了。

我说，是啊，该回家看看了。

沉默了一会儿，他突然叹了口气，唉，你不知道，我女朋友长得很漂亮，本来，我的手机里存满了她的照片，现在都被我删了，你想看也看不到了。

我不想看。我说。

他接着说，还有，我女朋友怀孕了呀，本来打算春节结婚的，现在不知该怎么办。

我也有点难受起来。

他掏出钱包，我看到他的钱包里有一张相片，是他跟一个姑娘的合影。那是他的女朋友吗？这女子并不漂亮啊。

这回，我还真猜不出了。

车子到了他的县，他说，大哥，我下车了，跟你说了这么多，你可别嫌烦呀，唉，说出来，心里就敞亮了。

说着他下了车。

我前排的一个人回过头来说，这人神经病吧？

我扭脸看窗外。他正跟一个姑娘手牵手站在一起。

正是照片上和他合影的姑娘。

双胞胎

这次，要出远门。火车。

跟着领导出来办事的。软卧。下铺。

掐着点儿，生怕迟到了。吁吁带喘上了车，放好行李，坐下想歇会儿。

这时，一个中年妇女来了。这边看看，那边看看，确定是我的上铺。我帮她把行李塞到上面的柜子里，她向我友善地笑笑，说，谢谢！

我说，不用谢。

中年妇女并不上去，只是站着跟我聊，小伙子，单位出差？

我说，是。

中年妇女说，经常出差？

我说，是。

不错，经常出差，说明领导重视你，你还会进步。中年妇女说。

已经躺下的领导向中年妇女看了一眼。中年妇女也看了一眼领导。我看了一眼领导，又看了一眼中年妇女。

如果不是领导在，我可以跟她多谈两句。咱写小说的，多谈谈，可以多些素材啊。可领导在，我觉得不宜多谈。领导说了，出门在外，少说话，少惹事。

我拿起领导的水杯，充水。列车员说，别急，车开了会送一壶过去。我跑了一圈又回来了。

正好跟一个中年男子撞个对面。这中年男子领着两个小孩，都是男的，一看就知道是双胞胎。

那男子在我们包厢门口停下来，看了看票，走了进去。我明白了，他们是领导的上铺。

我在门口等。

那男子先把行李放到上面去，然后，看了看上铺，又看了看小孩，说，别闹！

两小孩回头看看他，接着嬉闹。

坐在我铺上的那个中年妇女说话了，双胞胎啊，真可爱。

男子点点头，命令两个小孩，叫阿姨好。

两个小孩齐声叫，阿——姨——好——

中年妇女哈哈大笑，哎，宝宝好，哈哈，真乖。

男人命令，都脱掉鞋子。

兄弟俩很听话，麻利地脱鞋，跟比赛似的。

男人俯身，一个一个，抱他们上铺。

中年妇女说，这么窄巴的地方，你们爷仨怎么睡得下？

男人没说话，喝道，别动！

兄弟俩不听他的，继续在上面嬉闹。

这时，领导已经把耳机套在耳朵上，看电视。是赵本山的小品，《卖拐》。这段太熟，不听声音，光看画面就知道高秀敏在喊，拐了拐了拐了，卖卖卖，拐卖拐卖——

在男子抱孩子那当儿，我就想，是不是把下铺让给这爷仨？让他们睡上铺，真的不合适。

看小品的领导哈哈大笑，边笑，边拿起一个苹果。我赶紧抢过来，取出刀，削起来。

这时，中年妇女又对那个男子说话了，你跟他们调一下吧，小孩睡上面不安全。

我想，只要那个男子看我一眼，发出一个信号，我就会起身让座。可那个男子好像没听到中年妇女的话，又好像我不存在似的，脱鞋，爬上去了。

我心说，这个硬嘴巴，多说一句话能撑死你啊。

那个中年妇女还在喋喋不休，哎，真的很危险的，跟下面换一下嘛。

我心说，这婆娘，臭嘴，少说一句话会憋死你啊。本来我自己想让的，经你这么一说，好像是我不愿让，人情都让你做了。我偏不说让！再说，那男人到现在一句话没说啊。人家没急，你急啥！

我的苹果削好了，正要递给领导，这时，上面那个像哥哥的小孩伸出手来，叫，我要吃苹果。

显然，领导听到了，说，好，给宝宝吃。

我把苹果递上去，那男人赶紧推辞，不吃不吃，在家刚吃过嘛。

我说，小孩爱吃，吃嘛，我这儿多的是。

小孩这才接过去，却不吃，递给那个弟弟。弟弟推过来，让哥哥先吃。

我说，别让了，我这儿还有，再削一个。

不用了不用了，一个就够吃的了。男子连声说。转过身又大喝一声，先谢谢叔叔！

哥儿俩齐声叫，谢——谢——叔叔。

说着，真不让了，一人一口啃起来。

看着这两个小孩的可爱样，我也忍不住要乐。我想等我给领导削完苹果，把下铺让给他们，毕竟，上铺真的不安全。

这时，上面那个中年妇女又说话了，这两个小家伙真逗，这么一点儿就这么懂事，知道礼让了。

我把削好的苹果递给了领导，让座的事却怎么也说不出口了。

那个中年妇女又说话了，抱一个过来，睡我里面吧。

男子连连说，哪能呢哪能呢。

边说边把小孩分配好，里面一头一个，自己横在外面。

中年妇女说，出门在外都不容易啊。

我躺在床上，看电视。怎么也看不下去。不时偷眼看一下对面的上铺，真怕睡脚边的小孩一不小心掉下来。

那一夜，不踏实，天要亮的时候，才睡着。一睡着，就听见"扑通"一声，我吓一跳，睁开眼睛坐起来。

原来是要到站了，那个中年妇女下来，一脚踩空，跌了下来。我起来扶，她已经站起来。

你看这事弄的，就怕小孩跌着，一夜没睡着，结果把自己给跌着了。中年妇女自言自语。

我主动帮她把箱子取下来，转身看看上铺的爷儿仨。

那父亲忽地扭过头来，向我们挥挥手，轻声说，谢谢啊。

那兄弟俩，睡得正香。

贵妇人

去上海。三十几号人。包了一辆大巴。

是一个活动。证券公司邀请一些客户到上海总公司听一个财经讲座。顺便玩玩，交流交流感情。

被邀请的人当中，除了我，都是中端客户，手头有些闲散钱财，喜欢投资理财。我是作家，被请来写文章的，搞搞宣传。

还有几个证券公司的客户经理、理财师。

大家高高兴兴地上路了。客户经理为了调节气氛，做了个小游戏。游戏过程中，穿插着一些节目。我才发现这些有钱人精神生活都很丰富，有唱歌的，有唱戏的，还有说快板的，讲笑话的。五花八门，丰富多彩。

有一个妇人引起我的注意。四十多岁，有点发福，不算胖，穿着很时尚得体。她始终笑眯眯的，带头鼓掌，演节目。她唱黄梅戏《女驸马》：

> 为救李郎离家园，谁料皇榜中状元。中状元，着红袍，帽插宫花好新鲜。我也曾赴过琼林宴，我也曾打过御街前，人人夸我潘安貌，谁知纱帽罩婵娟。我考状元不为把名显，我考状元不为做高官，为了多情的李公子，夫妻恩爱花好月儿圆。

她唱得真好，在窄小的车厢里，还加些手势身段。我想她年轻时，一定很漂亮，引来许多男子的倾慕。

唱完了，大家齐声叫好。由于她的热情带头，几个岁数大一点的客户也起身表演。

一路说着，笑着，就到了上海。

听完讲座，晚上聚餐，分两桌。一桌有几个活跃分子，热闹，男女互相劝酒，说笑话，高潮迭起。而另一桌，则显得冷一些。大都是岁数大一点的老头老太太，吃得很稳重。我就在冷的这一桌。那贵妇人也是。可一会儿，她就被喊到那桌去了。

那桌就更加热闹。

女人在灌男人的酒。她们知道，凭实力，她们是不行的。可她们有性别优势，只三言两语，便把那几个男人哄得五迷三道。这几个男人酒量都惊人，可是最终都有点高了。

最后，她们选了一个爱说荤话的小伙子，狠灌。那个小伙子不知深浅，在女人堆里，把持不住，逞英雄，来者不拒。最终，英雄露出本相，当场就倒了。当然，也有个别女的牺牲了，也醉得脚都站不稳。

太好了，好长时间没这么痛快过。空前地和谐。其实，好多人连名字都叫不上，更别说哪个单位、做什么生意了。

一夜无话。第二天，游了朱家角。

下午，返程。还是那辆大巴，拉着三十来号人，上了高速路。

大家都有点累了，那个能说会道的女客户经理昨晚喝高了酒，现在还没什么精神，躺在后座上，休息。大家说了一会儿话，也都休息了。

大概过了一半的路程，大家纷纷醒来。再过一个多小时，他们就要到达自己的城市，各奔市里或县里自己的家。他们才觉得有许多话没有说。他们得抓紧时间聊一聊。

直到现在，那个贵妇人依然给大家很好的印象。

那个贵妇人坐在中间，唱戏的嗓子，很亮。她说什么前后都能听见。

她先跟坐在旁边的人说话。就是昨晚上被灌的小伙子。

一聊，原来她跟小伙子是一个县的。

贵妇人说，我丈夫派车来接我，到时跟我们顺车回去吧。前座一个女子也说，姐，我也是一个县的，我也跟您的车好吗？

贵妇人说好。

贵妇人很兴奋，打开了话匣子。她先是跟身边的人说，再跟前后的人说，最后几乎是跟全车的人说了。本来，还有几个人混杂着说，后来，就她一个人说了。

那贵妇人在说政治。说我们市，准确地说，主要是他们那个县的官场。

从县委书记，到县长，再到组织部长，宣传部长，他们的姓名、性别、身高长相、脾气禀性，一路下来，她都说得头头是道。

再后来，她说起自己的丈夫。

原来，她丈夫是那个县的公安局长。

她对身边的小伙子，前座的女子，还有其他人说，你们遇到什么事，找我啊，我能帮忙的尽量帮忙。

那个小伙子说，我安分守己的，能请公安局长帮什么忙啊！

贵妇人说，说不定，这年头，谁保不准会犯点什么事，即便自己不犯，一大摊亲戚朋友呢。

贵妇人说，十年修得同船渡，咱们今天在一个车上坐，都是朋友了。

贵妇人说，待会儿，我丈夫开着警车来接我呢。

……

果然到了公司大楼前，一辆警车在那里候着。一个警察下来，满脸堆笑地从贵妇人手里接过礼品，放在车上。打开车门，请贵妇人上车。

贵妇人说，还有两个人要跟我们的车呢。

回过身来，大巴车上的都已下了车，相互道别，没有一个答理贵妇人。

要搭顺车的小伙子和姑娘，也不见了踪影。

梦见高西梅

我这个人爱做梦。躺在床上一合眼，许多稀奇古怪的事就入梦来了。眼皮一撩，这些事又随梦而去。我去看医生，医生说我内火重，需吃几剂中药败败火。我可懒得煎那玩意儿。我还做我的梦。反正睡觉的时候，闲着也是闲着。

最近的几个月里，我的梦境中持续出现一个女子。这女子古典装扮，似戏台上的青衣。她面容惨白，眼神幽怨，轻甩衣袖，口发凄声：苦哇——

我常常惊醒过来，坐在床上，全身湿透，如水洗一般。我回忆梦中的那个女子，觉得她很像高中的一个同学，叫高西梅。

真的是高西梅！

我跟高西梅是从高二文理分科时开始做同学的。我们学的都是文科。

我们几乎没什么交往。直到上了高三，我们也没说过一句话。印象中的高西梅，可以用三句话来概括：长相一般，性格内向，学习刻苦。前两点，就不细说了。第三点，我可以举个例子。

我在高三上学期，忙里偷闲，开了点小差，跟一个女生产生了朦胧的爱情。当然，我们的爱情是秘密的，是在"地下"进行的。表面上，我们被拴在高考的这根绳上，埋头吃书，一本正经。可一到周末的晚上，我们就像脱了缰的野马，撒开欢了。我们到校外的响水河堤上，高谈阔论。我的女朋友突然谈到高西梅。她说："高西梅活得真没劲。"我问："怎么个没劲?"她说："她就知道学习学习的，没意思透了。你知道我们都叫她什么吗? 木乃伊。"女朋友的话吓了我一跳。我说："我胆小，别整个干尸来吓唬我，黑灯瞎火的。"女朋友就咯咯地笑了。

扯远了。回到那天晚上吧。我一遍遍抚摸着她的头发，不知不觉已过深夜。校门关了，我们从西围墙的缺口突破进来。在掩护女朋友安全回到女生宿舍后，我却不想回宿舍了。我想到教室坐一会儿。我打开门，发现教室里已坐着一个人，正秉烛夜读。昏黄的烛光映着干瘦的脸，宽厚的镜片后闪着幽幽的光——正是女朋友说的"木乃伊"高西梅。我愣了一会儿，才问："你怎么还不睡觉?"这是我跟高西梅说的第一句话。高西梅说："不想睡，多看一点好一点。"我说："你真刻苦呀!"高西梅突然叹了一口气，说："不刻苦不行呀，我的父母都是工人，那么苦供我读书，我要考不上，对不起他们呀。"说完，高西梅就低头不语，继续看书。

她的那几句话真像一把尖刀，将我的心脏刺了一个大口子。我看到我的心流淌着暗红的血。我想起我的父母。他们不是工人，他们都是农民。他们在黄土地上，汗水摔八瓣地艰苦劳作，供我读书，指望我能考上大学，出人头地。而我却半夜三更去约会。这太说不过去了! 于是，我在心里发出了"向高西梅学习"的伟大口号。

从那以后，我跟换了一个人似的，成天捧着书本苦读，再也不去摸女同学的头发了。我的成绩直线上升，期末考试从全班四十名一跃而至十几名。谁也不知道，历史的转变，跟一个叫高西梅的女生有关。

高考志愿，我跟高西梅填写的一模一样。我决心跟她上同一所大学。她既然影响了我，就让她继续影响我吧。

在夏日难熬的炎热与焦躁中，高考结束了。很快，分数线下来了。父亲一大早就去了县城，回来后他紧锁的眉头告诉我，大事不妙呀。果然，父亲说："你的分数比最低分数线只差一分。"我差点没当场晕倒。

我把自己关在房间里，与世隔绝。半个月后，我的那个头发柔顺的女朋友来了。她带来三个消息：一、她已经是县纺织厂职工了；二、高西梅死了；三、我被市师范学院录取了，顶替的是高西梅的名额。

女朋友说，高西梅死得真冤呀。那天，她父母知道她达线的消息，很高兴，到冷食摊上买了几样卤菜，庆贺一番。没想到，半夜里，高西梅发了高烧，浑身无力。如果及时送到医院就好了，可她的父母却给她捂了一床棉被，想让她出一身汗，败败毒。结果，天没亮，高西梅就死了。

女朋友走了，留下我一个人发愣。我的父亲则迫不及待地去县城探听消息去了。晚上回来，还没进家门就大声说：二品呀，你捡了大便宜啦！

直到这时，我的眼泪才如泉水一样奔涌而出。我的父亲对我的母亲说："娃这是高兴的呢！"说着，乐颠颠地到乡邻家奔走相告去了。

几天以后，我到县城，在教育局见到一对年迈的老人。他们就是高西梅的父母。他们请求领导，能将高西梅的"大学录取通知书"发下来。他们想将它烧给高西梅，以安慰她行之不远的灵魂。教育局领导很委婉地拒绝了他们。

高西梅的父母泪眼花花地走了。教育局领导拍了拍我的肩膀，有点意味深长。

……

一晃，我在城市的日出日落中行走了十年。十年来，我娶妻生子。高西梅瘦削的身影，像冬日窗玻璃上的冰花随着阳光的出现而淡化消失。我没想到，时隔十年，高西梅还会以青衣的形象飘落到我的梦境。我骇然而起，黑暗的室内漾着一片惨白的月光，如高西梅失血的面庞。我慌忙中打开灯，月光随之遁去。我到电脑上写下这篇文章，打出来，又打出一张"某大学录取通知书"的字条，到阳台上点着烧掉。在荧荧火光中，我闭目祈祷，愿高西梅不再孤独，愿我的梦境能如月光一样消失。

崔开树的钢笔

夏季快要结束的时候，作家崔开树心里的一团火却越烧越旺。

那天，他和一个朋友躺在洗浴中心的床上，两个年轻靓丽的小姐用雪白粉嫩的小手在他们的脚上摩挲着。朋友忽然说：你知道吗？庄小琪离婚了。崔开树正在点烟，"啪"的一声响，一小簇火焰就从打火机里蹿出来。崔开树第一次注意到从打火机冒出来的火焰分两截，上截是红火，下截是蓝焰。崔开树呼了一口气，火头便摇摇曳曳起来，像小动物的尾巴。烟点着了，崔开树心中的那团火也同时"呼哧呼哧"燃起来了。

回到家，崔开树坐在电脑前，半天，才打出几行字。

离婚。

庄小琪离婚。

庄小琪离婚啦！

崔开树从电脑旁的笔架上拿起两支钢笔。这是两支很普通陈旧的钢笔，品牌型号都一样，只是颜色不同：一红一蓝。红色钢笔是庄小琪送的。那是个美好的夜晚，庄小琪真诚地将这支红色钢笔别在校文学社社长崔开树的衣兜里，说："送你一支笔，祝你妙笔生花文思泉涌。"蓝色钢笔也是庄小琪送的。那是个伤心的夜晚，庄小琪将这支蓝色钢笔插在崔开树的上衣兜里，说："送你一支笔，祝你妙笔生花文思泉涌。"这是一件分手礼物。笔和别是谐音。送笔就意味着分别。崔开树真想将这支蓝钢笔踩上两脚，可他克制住了感情。回到自己的出租屋，他把庄小琪的蓝色钢笔挂在醒目的位置。每当疲倦昏沉的时候，他就抬起头来，注目凝视。这支笔就像古人的那把锥子，狠狠地在他身体的某个部位"锥"一下。他立刻握紧红色钢笔，奋笔疾书。就这样，崔开树眼睛盯着"耻辱"，手握着"美好的记忆"，写出了许多能赚钱的文章。几年后，他买来电脑，搬进新居。于是，那两支钢笔同时被搁置在电脑旁的笔架上。

现在，崔开树可以说是功成名就了，可他还没有结婚。他并不缺女人，寂寞的时候，他会带一个有品位的或没品位的女人回来，寻找一些慰藉。一次，一个女编辑看着笔架上的钢笔说，大作家怎么用这样丑的钢笔呢？后来，那女人送他一支昂贵的钢笔。崔开树却将它锁在了抽屉里。

第二天，县城的某一个街道上出现了崔开树清瘦的身影。崔开树走在这条街的青石路面上，记忆沿着路延伸成了一组长长的镜头，如一把刀在他的心里划过。

前面就是庄小琪的家。那是两间小平房。就是在那间平房里，庄小琪在送他一支蓝色钢笔后，突然宣布："我要到吴大猫的公司当打字员了。"庄小琪说："跟吴大猫结婚，我就搬到他的套间去住，我就不必要窝在这火柴盒大的房子里，冬天喝西北风夏天被蚊虫叮咬了。"崔开树愣了好久，才毅然走出"火柴盒"，走上青石街道。他发誓再也不踏上这条街半步。

今天，崔开树又站在这条久违的街道上。它让崔开树兴奋。吴大猫栽了，公司倒闭了，房屋财产都被查封了，庄小琪和她四岁的女儿又回到这"火柴盒"里来了。崔开树步履轻松，心里前所未有的豁朗。

崔开树闪身躲在一棵大树的后面。远远的，他看到庄小琪领着一个四五岁的女孩走过来。这个还不到三十的女人已经见老了，身影是那么干瘦单薄。她仿佛是在向她哭闹的女儿解释什么，但她的女儿却哭闹得越发厉害了。崔开树目送着母女拐进前面的小巷，然后，才将身子靠在树上，从兜里摸出了一支烟。

崔开树约庄小琪吃饭是三天以后的事了。崔开树坐在天天快餐店里喝着茶，看着当天的晚报，庄小琪就带着女儿明明走进门来。那顿饭吃得有点沉闷，再加上有明明在，话也不好往深里说。崔开树有点失望。

吃完饭，就要分别的时候，明明忽然拉着庄小琪的手说："我不想回现在的家，现在的家没有彩电，我想回原来的家看《天线宝宝》。"庄小琪很难堪地愣在那里。崔开树搓了搓手，说："要不，到我那里坐坐吧。"

崔开树领着庄小琪母女来到自己的三室一厅。明明高兴地在客厅里看《天线宝宝》，崔开树和庄小琪到了书房。

庄小琪看到了笔架上的两支钢笔。庄小琪说："笔该扔了。"

崔开树犹豫了片刻说："不能扔，我写作用笔用惯了，对电脑还不太熟悉。一般都是先用笔写下稿子，再到电脑上打，麻烦死了。"

崔开树又说："哎，你不是学过电脑吗？要不，以后你来帮我打字吧。"

秋天到来的时候，崔开树的屋里出现了另一番景象。崔开树伏在客厅的茶几上，手里握着当年庄小琪送给他的红色钢笔，在纸上沙沙游动。书房里，随着庄小琪的手指熟练敲击键盘，屏幕上一行行汉字有序地排列开来。

有时，崔开树会停下来，将温和的目光放在庄小琪瘦弱的背影上。崔开树想，用了好几年的电脑，没想到又改用笔了。

其实用笔写也挺好的。

甘小草的竹竿

　　十年前的一个午后，我骑着自行车从人民桥上下来。甘小草正好拖着几根竹竿迎面走来。

　　我问，哪儿去？甘小草说，上班去。我问，到哪儿上班？甘小草说，银行。我疑惑不解：到银行上班，要带竹竿吗？甘小草掩着嘴咻咻地笑了，笑得像阳光一样灿烂。

　　甘小草说，上班还早嘛，我先去宿舍里挂一下帐子。

　　说着，甘小草就走过去，走上人民桥。竹竿划在地上，发出"嚓嚓嚓"的声音。

　　我歪过头去，对着甘小草喊道："我验上兵了，明天，我就出发。"

　　不知甘小草听到了没有，反正，甘小草没有回头，缓缓隐没到桥那边去了。

　　我想起了母亲的话。母亲说，小草屁股大，鬼机灵，有大福享呢。

　　母亲说得很有道理，因为，甘小草的机灵在我们老街上早就出名了。她八岁就能帮着父母在小商店里卖杂货。脑子特灵活，收多少钱，找多少钱，眼睛眨眨就出来了，分毫不差。从小学到高中，年年"三好"。只是高考时，一时疏忽，少考了一分，落榜了。巧的是，两个月后，银行招干，甘小草以第一名的成绩被录取了。

甘小草的父母、亲戚，甚至老师们，都说，亏得没考上大学。考上大学，多花钱，还不是为了有个班上。现在多好，又省事，还多拿几年钱。

那天，我在人民桥下与甘小草擦肩而过。回家后，我对母亲说，甘小草到银行上班了。

母亲说，我说过吧，甘小草的屁股大，命好，丢了芝麻，捡了西瓜。

母亲还不屑地看我一眼，说，你什么时候也能给我捡个西瓜回来。

我觉得母亲的话很刻薄。我已经成为一名军人了。母亲怎么可以随便伤害一名军人的自尊心呢？

当了三年兵后，我从部队退伍回家，被安排到银行保卫科工作，成为甘小草的同事，我对母亲的话仍然耿耿于怀。

我穿着银行新发的制服，很神气地回到家里，我对母亲说，妈，我捡回了一个西瓜。

母亲仍然很不屑地说，甘小草才捡着西瓜了呢，人家不费劲就嫁给朱县长的公子，当上了银行主任。朱公子做着大生意，竖竖指头就来钱。现在，老甘家都跟着沾光，卖了老街的房子，住小别墅了。

我灰头土脸地去单位。我挎上枪，提着警棍，在银行大厅里转来转去。不时偷眼瞧办公室里的贵夫人甘小草。

甘小草要为我做媒。甘小草说，张桂花怎么样？

张桂花也是我们行的员工，她比甘小草早一年进银行。甘小草一进行，就跟张桂花成了好朋友。那时，张桂花正搞对象，男友是朱县长的公子。可不知为什么，张桂花的父母死活不同意。张桂花就请甘小草去做朱公子的思想工作，劝他放弃自己，另找别人。甘小草就去劝了。谁也没想到，甘小草会把自己劝到小朱的怀抱里。

很多人都认为甘小草是趁火打劫，甘小草却很委屈。甘小草说，我这是为桂花姐解围呢。尽管如此，甘小草还是觉得对不起张桂花。因为，张桂花搞了几个对象，都没成。

甘小草要为我跟张桂花做媒。我摇着头说，张桂花连县长家的公子都不稀罕，能稀罕我？甘小草拍拍我的肩膀说，爱情这玩意儿没个准头。

甘小草说对了，爱情这玩意儿真没个准头，因为张桂花很愉快地接受了我。

张桂花很温柔地说，这么多年来，我等的就是你。

我受宠若惊，问，为什么？

张桂花说，因为你厚道，做人要厚道。

我激动得放声大哭，立即将张桂花带回家。我对母亲说，妈，我给您带来一个大西瓜。

张桂花迷惑不解，问我，什么西瓜？我挠挠头，嘻嘻地笑着。我说，天太热了，应该吃个西瓜，凉快凉快。说着，我跑到街口，搬回一个大西瓜来。

我跟张桂花的爱情发展迅猛，像那个夏天一样，一天比一天升温。在那年夏季最炎热的一天里，我跟张桂花的爱情终于取得实质性的进展。

就在这时，我们县出了一桩让中央都震惊的走私大案。而案子的主犯竟是朱县长父子。很快，朱家父子被判重刑，朱家的全部财产都被没收。甘小草也受了牵连，被停了职。

那天晚上，我正跟张桂花在茶楼里喝茶。我突然想起甘小草。我说：甘小草那么精明的人，怎么会落得这样的结局呢？

张桂花淡淡地说，她是天底下最愚蠢的人了。我跟小朱俩内相处了一段时间，就知道那家伙不地道，肯定会犯大事。我就以父母不同意为由提出分手，小朱答应了，但要我将甘小草介绍给他。我就想出了让甘小草去劝小朱的主意。没想到，她果然中计。

我的手一抖，茶碗跌落在地。

多年前的那根竹竿伸过来，狠狠地在我的身上抽了一下。

我汗如雨下。

吹长号的老吉

初到新的城市混事，要么窝在住处不想出来，一出来看到不熟悉的街道，会有一种陌生感，排斥感，思乡之情油然而生。要么出于新奇，出来走走，摸摸路，毕竟要在这个城市生活下去啊，逃是逃不了的，只有愣头往前闯了。

我只身一人从响水到盐城，经历了对这个城市的陌生排斥之后，想通了，积极面对人生。白天要上班，我选择在晚上出来走走，大街小巷，公园夜市，书店影城，挺好，挺有意思。

我中午一般在单位食堂吃饭。单身汉，能混一顿混一顿。可食堂的菜油水大，吃了长肉，肚子变大。食堂离住处不远，几步就晃到了，躺下就睡。一个月不到，长了十斤肉。这怎么能行呢？于是吃过午饭，也会出来走几步，消消食。

单位的北面，有一个书城。每天中午，我吃过饭，都绕单位一圈，进书城看看。然后出来，跟老吉聊几句。

老吉系着黄围裙，在书城的门口看车。人多的时候，乐乐呵呵跑来跑去，人少的时候，坐在门前的长凳上呜哩哇啦吹长号。一个看自行车的，把长号吹的这么动听，让我刮目相看。

老吉吹长号，多半是在黄昏。暮色渐沉，书店关门。门口的自行车也被取得差不多了，老吉并不走，就坐在长凳上吹长号。吹长号可不容易，一要有嘴劲，二要有内功。要从锻炼口角肌肉开始，口角肌肉有上下四条左右两条，都要锻炼。要练习长音，嘴唇一松一紧，练多了，口角才有力，才能气流强，有内功，才能把高音吹上去，强而不燥，弱而不虚。

老吉说了一大通，我也听不明白，只得嘴里应和，噢，嗯，这样啊，原来如此。

忽然就想到当今的成功人士，要有嘴劲，还要有内功。二者结合，就吃得开了。光嘴皮吹嘘，没真功夫，也不行啊。像咱这样，没嘴劲，也没内功的，就瞎混混呗。

我听不明白，有人听得明白。隔壁修自行车的老顾，是老吉的铁杆粉丝。老顾一看老吉吹长号，就放下活，跑过来听。越听越着迷。老顾说，你教教我吧。老吉说，我吹吹玩的，自娱自乐，没啥好教的。老顾说，你吹得这么好，我也想学学。你不知道，我闷啊，除了修自行车，别的啥也不会。回到家，吃了饭，单身一人，连个说话的人都没有。就看电视，看完了，睡觉，第二天出摊子，太没意思了。你看，我比你小两岁，你头发还那么多，我都快掉没了。

老吉乐了，嘿，吹长号可不管生头发。

老顾说，哥哎，我学上吹长号，就是想把长号当成能说话的人呀。

这句话打动了老吉。于是，每天晚上下班后，老吉都教老顾吹长号。

每天晚上，我散步过来，看到头顶发亮的老顾跟满头乌发的老吉学吹长号。

两个老头鼓着腮帮子，特别有趣。有时候，吹完了，还到大排档去喝两口，碰巧了还拉上我。跟两个老头喝酒，听他们谈人生，味道十足啊。

我们跟你吹着玩的，可别把我们写进书里去啊。老顾说。

咱们也没啥好写的，上不了台面。老吉说。

有好写的呢，许多都值得写。我认真地说。

那我们挑撑面子的说。老吉说。

老顾哈哈大笑，头顶在灯光下闪闪发亮，像个大灯泡。

这是五年前的事了。不久，书城关门了，一阵装修之后，开起了茶酒楼，门前都停上了轿车。老吉失了业，老顾的修车摊也不见了。

几天前，我到外面办事，想在路口拦个的，拦不到。一辆三轮车突突地过来了，我上去，刚要问价钱，那人回头冲我乐。哎哟，大脑袋，宽嘴叉，厚嘴唇，这不是老吉吗？

我问，你怎么踏起三轮车了？

老吉说，偶尔闲的时候踏踏，就当活动筋骨，锻炼身体了，现在我在教堂吹长号，那乐队，一百多号人，长号中号小号，啥都有，哇哇的，那叫气派！

那个老顾呢？我问。

他呀，不修车了，跟我学了一阵长号，办了个乐器培训班，教教基础，有时请我去上课，提高提高。老吉说。

不错呀，那你就是客串教授啊。我笑着说。

我可不是看他的面子，也不是看中那两钱，我是看那些学员，怕他误人子弟。老吉认真地说。

我对他后脑勺认真地点点头，说，那是那是。

喝　酒

　　我这人不会喝酒，曾经滴酒不沾，一沾头就大，脸就红，嗓子就粗，眼皮就重。眼皮重得不想撩，那是犯困。我很羡慕那些能喝酒的人。别人问他能喝多少酒，他会伸出一个手指头，当然不是一两，也不是一斤，也不是一箱，而是一直喝下去。若问我能喝多少酒，我也伸出一个手指头。不是一两，也不是一斤，也不是一箱，也不是一直喝下去，而是一弹，不是一坛，是一弹啊。是用手沾下酒，弹一滴到嘴里，醉了。当然这是笑话，是相声。但我不能喝酒却是真的。小时候大人喝酒，在旁边闻着就晕，但看着大人喝得有滋有味的样儿，想一定很好喝吧，趁人不在，偷偷地呡上一口，辣得眼泪鼻涕一块流。那时就想，酒不好喝，喝酒是受罪，以后滴酒不能沾，不找罪受。

　　话虽这么说，不喝酒只是一个愿望，长大后一步步地被引入酒场，不找罪受，罪自己长腿找上门来，不受也不行。我性格虽不孤僻，也不活泛，人多的场合少有言语，反应不机智，不会拒绝。在喝酒上，往往身不由己。一开始杯是空的，别人来给我倒酒的时候，我推辞，不能喝，不倒，倒了浪费这美酒。人家会说，作家怎么能不喝酒呢？李白斗酒诗百篇，你不要喝一斗，喝一杯回去好文思泉涌啊。我说，我要是不喝酒，回去头脑清醒，还能写点文字，如果喝下这一杯，头昏脑涨，啥也写不出的。人家听了，哈哈地笑着，不会的，你们响水人小麻雀都能喝三两酒呢。我说，响水人能喝酒不假，可也有不能喝酒的，我是不能喝酒的。人家说，就一杯，第一杯满上，下面就随意了。话说至此，再不好拒绝，只得满了一杯。问题是，我的酒量最多就这一杯。喝了这一杯，热血上涌，豪气顿生，由不喝酒到想喝酒，别人再倒酒时，也不再阻挡，于是第二杯下去，就不知道东南西北了。再喝下去，必醉无疑。醉了做出什么事情来，就没数了。

记得我第一次真正意义上的喝酒，是在高中毕业后。那一年高考落榜，在农村种了两个月地，终于熬不得“锄禾日当午、汗滴禾下土”的苦，背着书回到县城补习。同时补习的，还有几个同学。有的住在补习班的集体宿舍，有的合伙在外面租房住。星期天也不回去，在宿舍看看书，或者到街上逛逛，散散心。那一天是中秋节，有的同学回去了，有的没回去。我和一个周姓同学和一个张姓同学聚在一起，在街上买了些冷菜，又下厨弄了两个简单的热菜。菜上桌了，张同学提议，喝点酒吧，要不对不起这桌丰盛的菜。周同学说，好吧。他们两个都说喝，我也没反对。但心里想，他们喝他们的，我反正不喝。张同学去小店里买了酒，是汤沟，大概三块钱。没有酒杯，就用碗。可只有两个碗。我说，正好我不喝了，你们俩喝吧。张同学说那哪行呢？你不喝酒光吃菜，一会菜都让你吃光了。就去跟房东借了一个碗来。三个碗放在一起，酒开了，哗哗哗地往下倒。周同学说，少倒点，好干杯。于是就少倒点，盖住碗底。三个人吃了两粒花生米，一起端碗。张同学说，每人说句话吧，说句话开喝。周同学说，为了明年高考成功，干杯！张同学说，为了我们的友谊干杯！我说，为了第一次喝酒干杯！那两人都笑了，说，你是有文水的人，说点文词啊。我说，好，为了我们逝去的青春干杯吧！一起举杯，一饮而尽。那酒实在是辣啊，火一样地入了嗓子，到肚子里也滚烫。我赶紧搛了一块猪头肉，嚼巴嚼巴咽了下去，才好受些。张同学又给每人倒了一些。再干杯。这一次，比刚才好一点，辣味弱了一点。张同学说，酒量这玩意儿，第一口辣，第二口微辣，再喝就觉不出辣了，反而觉得香。我虽然没品出香味来，但再喝也不觉得辣了。况且，肉味压住了酒味，只知肉香，不知酒辣。喝着酒，吃着肉，话就多了起来。三个人谈起高考落榜后的日子，谈起父母期待的叮嘱，邻居们异样的目光，又对来年的高考充满了忧虑，不知是凶是吉，肩上可谓压力山大，免不了一番感慨。最后倒了一浅碗，呲，碰了一下，干了。张同学说，差不多了，吃饭吧。周同学问我，怎么样？吃饭吗？我说，吃饭，吃饭，再喝一点，吃饭。张同学便拿起酒瓶来倒酒，倒完酒把酒瓶往身后放，回过头来时，我已经滑到桌子底下去了。滑到桌子底下，才发现桌子下面还有一人，是周同学。张同学说，好好睡。一头趴在桌上。三人都打起了呼噜。

不知什么时候，我醒过来，发现自己躺在床上。那两人已经坐在门口凳子上看书了。仿佛听到门口有人说话，原来是房东。房东说，三人喝了不到半瓶，就都醉了，这量也太小了点吧。张同学说，平时不喝，把握不住。房东说，酒这玩意儿，要多练。越练越大。

晚上吃了点粥，我一个人往补习班的宿舍走。到了宿舍，一头倒在床上，又睡了。第二天醒来，觉得胃里翻江倒海一般难受，便跑到宿舍后面哇哇地吐了起来。正好有一个同学看到了，问，你昨晚喝酒了？我说，昨晚没喝。他说，那你咋吐出那么多酒味呢？我说，昨天中午喝的。那同学说，不会吧，昨天中午的酒今早上才吐出来，这也太离谱了吧。我说，昨中午的酒，应该是什么时候吐出来呢？他说，应该是当时就吐出来啊。我按按额头，说，那我吐得确实太迟了。

这事情过去二十多年。二十多年来，经历过无数酒阵，大场面，小聚会，醉过许多次，但都印象模糊，唯有这次醉得真切，永远不能忘记。喝下去的是酒，流动在身体里的是青春。酒早已散去，散不去的，是苦难的印记，是对逝去岁月的长久怀念。

电影往事

　　单位发中影国际影城的电影卡，设计十分精美，我想起了小时候简单的电影票，还有许多看电影的往事。

　　我们那个村小，一家一家密密麻麻地挤着，找不到一块像样的空地，电影便放不起来。看电影得到邻村去。去的最多的，是西边的三庄村，和南面的皂角村。当然，我们小学校北面火箭生产队的大场上，也经常有电影放。我们放学本不经过那儿，却有时要绕路过去探探，看看大场上两棵树之间是否拉起了黑边白面的一块布，那是银幕。看看布跟树的空间大还是小。空间大的，是宽银幕，空间小的，是小银幕。我们都喜欢宽银幕，看起来带劲。时间还早，都不愿回家吃饭，有零钱的到街上去买个朝牌饼来撕，没零钱的就去附近的庄稼地里刨个山芋到河里洗干净吃。得早点来啊，占位置啊。位置在银幕的正前方，第一排。我们小，喜欢坐第一排，看得真切，大人不喜欢坐第一排，嫌脖子仰得酸。我们不怕脖子酸，我们脖子嫩，仰多长时间也没感觉，我们只怕前面有人会挡住视线。可以把书包垫在屁股底下坐，也可以找两块砖。坐下来，还早，大人们还没有来，我们就在各自的前面挖一个小洞，不是做别的用，怕看了一半要撒尿，不能离开去撒尿，一离开，就断了剧情，好位置说不定也被别人占了。有了这个小洞，就不着急了，解开扣子，把尿尿进小洞，头都不用往下低，眼睛不离银幕,什么事都解决了。哥哥们不跟我们在一起看,他们喜欢站在放映机那边看,看漆黑的夜空下,两个圆盘子转动,射着一团光柱到银幕上,就变成了人,还是会说话的人,这是件很奇妙、很快乐的事。他们还可以听放映员跟大人们说话。放映员早就把电影看够了,不知看了多少遍,他们知道剧情,忍不住卖弄,说后面是啥啥样子。放映员有两个,都是吴庄的,姓吴,一个叫吴光,一个叫吴兴。听名字是兄弟俩,模样却不像,一个胖来一个瘦。大人们逗他们,要给他们介绍对象。他们很高兴,说,好啊,电影散了,过来相相。大人说,那不行,这次没来,下次带过来。下次再来,坐在旁边的换了另外的大人,不提这话题了。

去三庄村和皂角村看电影要远一点,要过两条沟,大片的庄稼地。有一次左邻大哥哥和右邻大姐姐喊我去三庄村看电影,没想到他们到场上就粘在一起,把我撂在了一边。我不管他们,自顾看自己的电影,看着看着一扭头,发现他们俩都没了。四处看不见他俩,只好在原地继续看电影。直到电影散场,人都走光了,也没见他们回来。我一下子慌了神,赶紧顺着路往家跑,那时路上已经没什么人了。两旁是河沟,是芦苇,前后是高低不平的路。风吹着芦苇,发出刷刷的声音,让我心惊胆战,生怕有坏人像电影里那样,突然扒开芦苇跳出沟外跟我要买路钱。越想越怕,不由加快脚步,继而狂奔,一路到村口,看到路口有两人靠着树抱在一起,见我呼呼生风地跑过来,连忙松开。看到是我,都喊起来,你还没到家啊,我还以为你到家了呢,一路找得好苦。我心说拉倒吧,鬼话,你们不知把我忘哪去了呢,找我还有心思在村口抱在一起啊。后来我知道我扮演的角色叫电灯泡。

街上的电影院盖好了,每晚都放,用不着等露天电影了。在那里看的第一场电影叫《喜临门》,是个家庭喜剧片,非常有意思。后来又放了《少林寺》。不过看《少林寺》有点曲折。当时我们年级包场,下午二节课后看。我正好和另外一个同学扫地,迟了点儿,我们的班主任说,你们俩辛苦了,给两张好票你们。我们倒完垃圾收拾停当,兴冲冲地跑到电影院,大家都已经进场了,我们把票拿出来给检票员,检票员说,这是废票，过期了，不能进去。我们说，不对啊，我们年级包场啊，老师给我们好票啊。那人不屑地说，怕是老师把你们的票换了，带他家里人去看了吧。我们傻眼了，只好往回走，走着走着不甘心，又回来，那时门已经关了，电影已经开始放映，里面传来紧张的音乐声和喊杀声，扣人心弦。我们往四周看了看，发现侧面的墙有点矮，便互相配合着上了墙头。钻了进去。好不容易摸黑在最后面找到一个座位，一人坐半边屁股挤在一起看。忽然，前面一阵大乱，喊杀声起。灯光咔地亮了。原来是两拨小流氓斗殴，打了起来，场内顿时乱成一团，两拨人从场内打到场外，在银幕下上演了一场现实版的《少林寺》。在乱哄哄的人群中，我看到我们班主任一家站在中间最好的位置，往后面打斗的地方看。

后来上了初中，看电影的次数就少了。暑假里，晚上没事干，我跟邻居一个小伙伴吴三经常相约去看电影。另一边邻居的一个姐姐，小学毕业辍学在家，喜欢找我们聊天，听我们说说学校的事。从她的眼神里可以看出她对校园是多么的依恋。有一天晚饭前，她对我说，晚上我们去看电影吧。我说好啊。她说，到时我喊你。吃完饭，我就在家门口的老槐树下，边听评书边等她来喊。可是等了好长时间，看电影的时间已经过了，还没见她来。我关了收音机，到她家门前屋后走了几圈，也没见她人影。那一夜回到家，我没有睡好觉。第二天，我在路上碰到她，我问，你昨晚怎么没来喊我呢。她很奇怪地说，吴三来告诉我，说你晚上出不来，不能去看电影了，我只好跟吴三一起去看了。

我第一次知道什么叫玩心眼。晚上，我一个人去电影院看了电影。电影确实很好看，叫《人生》。从那以后，我跟吴三恼了，见面再不说话。

看电影的故事像被别人嚼剩的馍，已被写了多少遍，特别是在农村长大的作家。我再写，有嚼剩馍之嫌。但现在写出来，还是觉得很有意思。

东夏饭店

东夏不是市，不是县，也不是镇。是一个村，或者说是一个镇的一条街。县叫建湖，镇叫沿河。沿的什么河？塘河。靠近县城的塘河沿岸建有风光带，名声很响，称为"建湖的外滩"。这个县办了一个文学杂志，叫《塘河》。可见，塘河是这个县的文化符号。

东夏就枕着塘河的尾巴。东夏饭店就在东夏街的肚皮上。

我们几个人，老沙，老宋，爱党，我，在城里呆得闷烦，相约周末到乡下去玩。老沙说，还到东夏吧，还去生态园，钓鱼。

老宋就笑了，嘿，上次去了，四个大老爷们，钓了半天，一条鱼没钓到，忘了啊。

老沙说，哪就忘了呢？钓鱼是消遣，钓不钓上来都没啥，关键玩的是心情。

于是，星期六，四个人一辆车就出行了。当中只有老沙好钓鱼，技术不错，上次去的时候，就吹肯定有收获，却一条没钓上来，这次是想着雪耻的。他说，上次是在那租的钓竿，买的鱼食，这次都是自备，保证有斩获。

我们说，那好，我们一共四人，一人要钓两条，一共八条。

老沙说，好，钓不上八条，不吃午饭。

爱党说，钓不上来你不吃，我们还是要吃的。

立时一片哄笑。

车子欢快地奔驰，我透过车窗往外看，已经进入乡村，公路两旁绿树成荫，高高矮矮，矮的树叶擦着车窗而过。树下是小河沟，沟旁大片大片的绿草，间或看到牛羊散散地嗅着草叶，沟外是大片的田野，蓬蓬勃勃一片金黄。再往上看，天高云淡。不到乡下，哪里知道春天来了，哪里知道有这么高高朗朗的天啊！

你说，谁愿意成天在高楼之上，一低头，坚硬冰冷的钢筋水泥堵着眼，一抬头，灰灰蒙蒙的大气层沉沉压着头，喘气都呛着肺啊。不勤往乡村跑跑，呼吸呼吸新鲜空气，接受接受大自然的洗礼，行吗？

一个小时不到，就进了宏宇生态园。上次来的时候，是初冬，园里冷冷清清没几个人。这次来，人明显多了起来。一队幼儿园的娃娃，在父母的陪护，老师的带领下，正在游园。叽叽喳喳，像一群出笼的小鸟。

沿途已有三三两两的人趴在栏杆上垂钓了。老沙路过上次钓鱼的地方，木头和竹子搭成的人字形桥，点手道，这地方不行，人在桥上晃来晃去，鱼在水里闻着声都跑了，难怪不咬钩。

这次往里走，到里面一处安静地，老沙慢慢腾腾地坐在马扎上，撒下鱼食，不慌不忙上好饵，甩下钓竿，眼睛盯着水面，那气势，状若老渔翁。

我们三人顺着河边往东走。东边是一片大棚。走进去，立即涌进来一片油油的绿意，看到有几个农妇正在择青菜。我们都感叹，绿色无污染的蔬菜呀，在城里，还有啥吃着放心的呢。

再往里走，是动物园。那些小朋友们正游到孔雀园那里，都好奇地趴在网外，瞪大眼睛。那个幼儿园的小阿姨讲解着，突然，大喊起来，孔雀，开屏，孔雀，开屏啊。小朋友们一起稚嫩着嗓子喊，孔雀，开屏，孔雀，开屏。孔雀乍了乍翅膀，抖了抖羽毛，头都没抬，很习以为常地在原地转了转，该干吗干吗。

我很可惜地说，不怪你，语言不通。

小阿姨很严肃地说，那是，不怪我，也不怪它。

转了一圈，又回到鱼塘那里，老沙收获不小，篓子里已经有七条，都是差不多大的鲫鱼。我们站在身后，说，还差一个指标，就可以喝酒了。说话间，老沙一甩竿，一条鲫鱼扑扑棱棱就上来了，看看就要到岸上，叭的一声，脱钩掉入水中，一摆尾，急慌慌游走了。

我们都说可惜。老沙说，不急，好饭不怕晚，且再稍待片刻。

我们又到旁边几个垂钓者那里看看，收获都差不多。聊了几句，知道那几个人是徐州的，来我们城市开个啥会，安排到乡下透透气，散散心。

我们正聊着，那边老沙的鱼浮又往下拖了，我们惊呼，是条大鱼呢。拖得这么急，这么猛。老沙一边起竿，一边叫，拿抄网来，拿抄网来。我们赶紧拿起抄网，探过去。竿子起来，果然是条大鱼，在水面上扑扑啦啦甩来甩去。抄网一舀，将大鱼舀在网中，抄到岸上。老沙拿起毛巾，裹住鱼，放入鱼篓中。整个过程干净利落，一气呵成。我仔细一看，那鱼的肚子上有几处伤口。心想，那鱼一定是被叉过或钩过，逃脱了的。

逃得了和尚逃不了庙，只要在这塘里混，只要你是鱼，只要你贪吃这一口，总有一天会上钩。被钓上来，迟早的事，跑不了的。

我们一阵欢呼，齐了。刚才跑了一个小的，现在上来个大的，好啊好，造化啊，福气啊！

人呀，不能患得患失，得有颗平常心。丢掉一粒芝麻，说不定能捡着只大西瓜呢。等着吧。

欢呼中，我们称了鱼，结了账，欢欢喜喜地上车，往东夏街上来。

东夏街干干净净，街两旁有门面，有民居，门前屋后，园里园外，一片一片的油菜花，散发着自然之态，无丝毫雕刻斧凿之痕。

还是东夏饭店。

这是一处不大的门面。毕竟是一个村街的饭店，这个饭店，就算是我们的盐城饭店了。上次也在这里吃，车开到这里的时候，我们还犹豫，因为门前车并不多。依我们的经验，门前车多，生意好，饭菜就好。老宋说，不能看车，这是个村街，前街吆喝一声，后街就能听到，抬腿就来了，谁还开车或骑车来啊。门前有车的饭店，都是外地来不懂行，误打误撞的。这里对面是居委会，肯定错不了。

就进来了，吃的相当好。

还是那个老板，瘦瘦的，干净，利落，看样子也就四十来岁。我们坐下来，没进包间，还是上次那桌子。这里前后院都通，开阔，敞亮。

老沙说，把那小鱼都炖了汤，大的留着晚上回去吃，中午吃不下。

老板说，好，没问题。

我们又点了几个菜，都是土菜。没敢点鸡鸭肉，怕感染上 H7N9。

上了几样菜，开喝。老沙开车，不能喝酒，只我们三个喝。

老板亲自上菜，上完菜，拿着把老算盘，噼噼啪啪拨来拨去。

老宋说，你这饭店开了不少年了吧。

老板说，二十年了。

老宋说，在一个村开了二十年饭店，不容易。

老沙说，二十年，相当于我们的工龄。

老板说，二十年前，我连续参加几年高考，都差几分，多的差九分，少的差两分，一个选择题的事儿啊，灰心了，就回来开了饭店，那时东夏已经有了几个饭店，我开了没几年，他们就全倒了。二十年来，东夏的饭店陆陆续续开，陆陆续续倒，时间长的也就五六年，短的不超过一年，都不用心开饭店待客，都把心用在赚钱上了，那哪行啊。只有我坚持了二十年。

老宋说，老板，你是高人，我敬你一杯！

老板说，不是高人，是干一行，就得扑上来干，踏踏实实，没别的花头想法，想法越大，伤害越大。

说着，端起一杯茶来，说，我从不喝酒，就以茶代酒了，谢谢！

吃完了，出了饭店，老板在门口说，下次再来啊！

好，再来再来。都挥手应道。

车子缓缓地出了干净的东夏街，驶上乡村公路。阳光灿烂，照得田野里的油菜花一片金灿灿，耀眼夺目的黄呀，也照得人心里一片敞亮。

范公堤

车子在一条窄窄的公路上行进，两边是田野，田野里涌动着油菜花的黄。

车上是几位外地文友，在城里呆得烦，到我们这里乡下采风。

一个文友说，这路怎么这么颠呀。

开车的是我们当地的一个文友，叫范大海。他忽然庄重地说，我们脚下的路，就是著名的范公堤。

我们的心都为之一振。

大海说，范公，就是范仲淹呀，当年创作了千古名篇《岳阳楼记》。

我们当中有人忍不住吟诵起来：庆历四年春，滕子京谪守巴陵郡。越明年，政通人和，百废具兴。乃重修岳阳楼，增其旧制，刻唐贤今人诗赋于其上。属予作文以记之。

大海说，名篇呀，中学时学过的课文能记得多少？

一个朋友说，特别是那句，先天下之忧而忧，后天下之乐而乐，千古名言呀。

大海说，《岳阳楼记》里最让我心动的并不是这句话，而是"不以物喜，不以己悲"，这才是我们最需要做到的。先天下之忧而忧，后天下之乐而乐，这不该是我们做的，我们还不够资格呀。

车上的人都笑了。

我问，范老先生怎么会在这里修堤呢？

大海说，老先生在这里做过盐官呀。按说盐官是个肥差呀，可他当盐官期间，这一带盐业不旺。那时海水经常上涨，涝灾不断，百姓的生命财产得不到保障。范老先生奏得朝廷批准，发动民工沿海筑堤。

一个朋友说，范先生脑袋挺活，盐上没油水，搞水利。这么大的工程，得花大价钱吧。

大海说，价钱花不了多少，却费大力气。当时，没有仪器，对海上的水位是无法掌握的。筑得高的，海水到不了，白筑了；筑得低的，海水一来就淹了，常常是堤还没筑起来，海水上来就给冲垮了。

朋友问，那是怎么筑起来的呢？

大海说，范老先生愁得吃不好睡不香，得亏他有个聪明的女儿，出了一个好主意，坐着海船，沿海洒稻糠，潮讯一上来，海水就把稻糠推到岸上来，海水落下，岸上就留下一道糠线。然后，沿着糠线筑堤，就没被冲倒过。

一个文友说，那这离海边不远吧。

大海说，远了去了，海岸线早已东移。

文友说，那这堤就是一个废堤了。

大海说，虽是废堤，可世世代代盐阜人民，读书的不读书的，年长年幼的，都还记得范先生呀。

文友说，这可真不容易。

大海说，其实呀，范老先生留在当地的故事可多啦，许多都失落了，但有一个故事留传得最广。我是听我的祖父讲的。我祖父前年刚过的世，活了一百多岁！

我们都说，你祖父算得上长寿老人了。

大海说，那是，老人生前经常给我讲这个故事。当年范老先生做盐官的时候，正逢当朝宰相过寿，朝中范的好友就写信来提醒他随份礼，当然，这礼金得厚重，跟咱们平常走动随礼可不一样啊。范老先生也想随份礼，日后好办事，可他为官清廉，没钱呀，要有钱，必须得在老百姓头上刮，可老先生哪能这么做呀，不做官他也不会这么做呀。你说巧不巧，正好，在他官府院里的银杏树下，发现了三坛黄金。旁边就有人出主意，这是天助您范公呀，干脆送到京城宰相府祝寿，何愁您不升迁呀。范老先生摇头，不行，这黄金肯定有主人的，岂可滥用。命人去查访这院落的原主人，果然找到了主人王平。王平很感动，非得留下一坛金子给范大人送礼。范大人说，我如果想要金子，我还找你干吗？王平无奈，只得抬了三坛黄金退下。

听到这里，我们都挑起大拇指，赞叹范仲淹。

大海说，还没完呢。不久呀，范仲淹得到意外升迁。老先生觉得奇怪，后来一打听才知道，王平拿着一坛黄金以他的名义送到京城相府了。范老先生听得事情原委，长叹一声，这样的官不做也罢，挂了大印，回乡务农了。

了不起，真是高风亮节。

如果现在的官员都像范老先生这样洁身自好，多好呀。

像王平这样的人，也不多了。

车内一片议论之声。

那天，在车上的除了大海和我，还有三位外地的文友。一位是做官的。还有两位是生意人，合伙的。

现在，我那位做官的文友因为贪污受贿进去了。另两位合伙做生意的朋友也散了伙，公司很快没落下去。

那次，几位朋友回去后都从不同的角度写了文章，登在晚报的名家新作上。

只有我一篇文章没写。这篇文章算是补记。

方向盘

我经常在市县之间奔走。我没有钱，买不起私家车，只得去挤公共汽车。挤来挤去，挤出许多事来。

经常坐的一辆车，是毛书记开的。毛书记，售票员小刘这么叫。一般机关里称司机为书记。他开大车的，怎么叫书记呢？

开过二十年小车，很神气的哎，现在好日子到头了。小刘说。

毛师傅很瘦，脸跟刀削的一样，齐刷刷的平整，没有多余的肉。眼睛正视前方，炯炯有神。

这样的人，一点不像给领导开过小车的。给领导开车的人，跟领导后面吃香喝辣，有一种优越感，身体也跟着富态起来。经见的世面多了，目光里就有一种油。这种油很复杂，是一种卑微与优越结合在一起的油。

这人不。

时间久了，便知道了他的一些事。

果然是从机关里来的。还是大机关。不仅是司机，还做过两天办公室主任。司机做办公室主任，我头一回听说。

这有两个版本。一个是：

他给领导开车，兢兢业业，一丝不苟。不该说的话一句不说。该做的事一样不落，利利落落。

那阵，领导刚学上车，手痒痒得不行。总想摸两下方向盘。他说，不行。

领导说，怎么不行，我有驾照，能开了，这路又这么宽敞。怕什么？

他说，有驾照也不行。我是司机。只有我能开这辆车。这车不是您个人的，是单位的。

领导说，我是这个单位的头，这车就是我的，我有权调配单位的一切。

最终，他妥协了。胳膊拗不过大腿。他还得在这单位混呀。

他就把方向盘交给了领导。自己坐在副驾驶位上。

就这一回呀。他说。

领导哼了一声，全单位百十号人，我都驾驭自如，这辆小车，何足挂齿！

下次说什么我也不会让您开的。他强调。

偏偏就这一回，出事了。把一个小孩给撞了。

他用手猛击额角，懊悔。晚矣。

领导傻了，全然没有刚才的威风。

他赶紧拉开车门，把小孩抱进车子，把傻了的领导拉下来，开车直奔医院。

还好，小孩并无大碍。

他主动把责任全承担下来。他觉得，是自己的错，谁让你一时手软，把方向盘交给领导了呢？

当然，他也承担不了什么责任。无非是多赔一些钱。赔款都从单位的账上支了。

领导很感激他。给他钱，不要。

领导说，正好缺一个办公室主任，你兼着吧。

他拒绝。

我不是当官的料。他说。

我是握方向盘的命。他补充说。

咳，什么命不命的，说你行你就行，也不让你分管文秘、接待，只是让你分管保卫，你不是军人吗？保卫工作是你的长项呀。

他答应了。

说到底，他也不是立场坚定的人。这年头，又有几个立场坚定的人呢？

另一个版本：

他跟领导出差，领导经常带些不同的女人，即便不带女人，也会带他去找小姐。时间久了，形成一种默契。领导感激他的忠诚，或者为了掩他的口，让他当了副主任。

不管是哪种版本，反正，他当了副主任。

也就当了两个月。领导突然调走了。来了一个新领导。

新领导也是一个爱开车的人。周末要回家，对他说，就不劳驾你跑来跑去了，我自己开着去，再开着来，省事，省钱。

他不答应。或许，他想起前任领导的事。他觉得不能再犯老错误了。

新领导很恼火。

接下来，单位实施了一场人事改革。

把他的办公室副主任给改掉了。

他笑笑。他本来就不想当这主任。

可接下来，把他的司机岗位也改掉了。一个年轻的小伙子代替了他。

他苦笑。回家了。

先是在一家驾校做教练。他对学员要求很严格，甚至是严厉。学员受不了，反映到老板那儿去。老板就把他辞了。

一年的时间，下了两次岗。他有点灰心。好在他的驾驶技术不错，被人家请来开客车。

从小车，到大车。从为一个人服务，到为大多数人服务。他觉得挺好。他觉得挺适合这个岗位。

开小车太复杂，还是开大车好，简单。他说。

得了吧。售票员小刘白了他一眼："人家人往高处走，你是水往低处流，给领导开小车多有油水啊，给领导的一份，也少不了你一份，除了领导，谁不巴结。可现在倒好，除了开车，还是开车，什么外快也捞不到了，谁都可以对你喊两嗓子。"

他笑了，说，一个人活着，身心自由是最重要的。

小刘说，你这是典型的吃不到葡萄说葡萄酸，下岗了，人家不让你开小车，说这话了，当初怎么着了。

他不说话，一心开着自己的车。

开自己的车，让别人说去吧。也许，他在心里自嘲。

车子到站了，旅客们收拾行李，各奔自己的方向。小刘跑下去，她可以利用短暂的时间，干一点私活。而他静静地伏在方向盘上，等待着回程。

我已记不清坐了多少次他的车了。

我听惯了小刘对他的奚落和挖苦。也看惯了他的忍耐与沉着。有时我想，为什么让他们两个人做搭档呢？

上个星期五，我回家，坐的仍是这辆车，可是驾驶员却不是毛书记。换了一个小伙子。

我想，毛书记可能休假了吧。

小刘在默默地招呼着乘客。

没有她粗门大嗓地奚落取笑毛书记，旅途像少了什么。

我顺手拿起一张晚报，一条新闻赫然入目：

　　我市一公共汽车疾驶中，司机毛某突发脑出血，车靠边停稳后，他卧在方向盘上。

归　去

　　夏天的早晨，吴天厚老人到城里去看女儿。

　　此行缘于头天晚上的一个梦。梦中，女人说，你去看看咱的女儿吧。像往常一样，老人拉住女人想扯些话儿。可今天女人却怪异，再没二话，只是用眼睛斜他一下，掉头走了。

　　老人静坐床头，默默吸烟，耳边回旋着女人的话，想，是呢，我该去看看女儿了，天亮就去。

　　窗儿，被满屋的烟雾缓缓熏亮了。老人起床，从门后的鸡窝内捉了那只养了好久的老母鸡，捆了两爪，放在柳条篓内。

　　在老母鸡"咯咯咯"的抗议声中，老人花五块钱，乘上去城里的中巴车。

　　老人不愿进城，实在是不愿见他的女婿。唉，女儿真是中了邪，相上这么一个混街郎！

　　那个上午，太阳升起很高的时候，女儿带着那人，那人拎着烟酒，来了。老人一接那人的眼神，心就一紧，像是腊月天里被河水激了一下。

　　那人剖开一个西瓜，黑子红瓤地摊了一桌。那人挑了一个最大的片儿递过来，老人却没接。是女儿接过，递给老人，方缓解了尴尬。

　　那人说话了，那人的嘴就似瓜瓢儿般甜。

恁你怎么甜，我眼里就是搁不下你。带来的烟酒，原封不动带回去！怎的？赖着！操起打狗棍，擂断你的狗腿，看你还敢不敢上门！

可女儿却背叛他这个老子。护着那混子，铁心去了城里。

那个夜，他拉着女人扯了一宿的话。

你看看呀，这就是你拿命换来的亲女儿呀，为了生她，你流了那么多血呵！

那浑小子，我一看他的眼神，就知道心眼歪，不可靠呀！

扯着扯着，老人竟然将脸闷在被子里，呜呜咽咽地哭了起来。

女儿这一去，就再也没回来，结婚了也没回来。那个街混也再没有登过他家的门。

他心灰意冷，发誓再不见女儿。可又怎放得下心？到城里悄悄打听了，知道女儿过得并不如意。那个街混很懒，经常在外面和一群狐朋狗友吃喝赌牌，据说，外面还养了女人。

一次，他在女儿家的巷口截住女儿。女儿说，我已经怀上娃了，等娃儿生下来，他就能收心。

太阳火爆爆的，将不满聚在这个城市。城市就像农家灶屋里的草锅，人群就是锅里的沸水，这儿冒出一泡泡来，那儿冒出一泡泡来，显示着一片热闹景象。老人斜挎着篓，融入了这锅沸水当中。他低着头，向女儿的家里走去。离车站到女儿家，这段路不算远，老人步履蹒跚，走了许久。

面对女儿家紧锁的院门，他忽然胆怯起来。这个院门，他一次也没进过。有些时候，他会在街口的树下站着，远远地看。

他们一家去医院了。一个人从老人的身后走过，走出几步后，忽然回头说了一句话。老人便转身奔医院去。这一次，老人的步伐加快。篓里的老母鸡仍在高高低低地唱歌。

医院洁白的墙壁和过道上匆匆行走的白大褂，晃着老人的眼。老人感到，这里的水泡比街上更为拥挤，也更为复杂。老人在一个白大褂的指点下，走上二楼。远远的，见那个混混，皱着眉，坐在妇产科的门口。

那混混见了老人，一愣。旋即迎上来，接下老人的柳条篓。刚刚安静的老母鸡又开始鸣唱起来。

咋样？老人问。

那混混的目光闪向那个"禁止入内"的大门，说，刚进去。

老人欠身坐下，目光却一直在"禁止入内"的门上停留。

他抖索着从袋里掏出烟。那混混立即握着打火机迎上来。老人却又将烟收回，兀自深深地叹了一口气。

时间在炎热的空气中无声地流淌，老人的眼睛始终没有离开过那个"禁止入内"的门。终于，"禁止入内"在老人的逼视下陡陡地闪了进去。

两个盯着门的男人也都陡陡地站起。

护士向那个人招招手，说，你进来吧。那混混问，生了吗？护士说，没呢，有点难产，需要你给她打打气。

那混混跟着护士走进去，"禁止入内"愣愣地弹了回来。

时间仍在流淌，无声而焦灼。终于，"禁止入内"又陡陡地闪了进去。先是出来两个穿白衣的医生，那个人也随后跟出来。

生了，男孩，八斤重呢。那个已为人父的人抹了一把额头上的汗，甩了甩手说。

你先回去，把这只鸡杀了，我马上回去炖鸡汤。

老人从那人的手里接过钥匙，又将柳条篓背了起来，缓缓地向下走。穿过楼下大厅悲悲喜喜的喧闹，走上了熙熙攘攘的街道，走向几条街外的那个院子。

老人走到第一街口，停留片刻。那个街口发生了一起两辆摩托车相撞的交通事故，街口挤满看热闹的人群。

老人继续往前走，走到第二个街口，又停留片刻。那个街口正过着车队，十几辆豪华轿车穿梭而过。

老人的脚步继续向前挪移，在第三个街口又停留片刻。正有一个赤裸身体的疯子，在街心跳着一种怪异的舞蹈。

……过了第五个街口，老人就到了女儿的家，他开了门。一刻也没停，就从厨房里找来刀、盆和碗。

很快，那只鸡就光溜溜地躺在了盆里的热水中，盆的旁边杂乱地放着一堆鸡毛。

老人站起来，又接来一盆干净的水，将鸡反复洗净。他还想站起来，将鸡送到厨房去。他不会用城里的液化气，只有等女婿回来了。

可他的腿上没有一点力气。他倚着墙，想歇一会儿。这时，他看到他的女人正笑笑地站在面前。

你有孙子了，八斤重呢。老人说。

没事了？女人握住他的手，说。

没事了。老人说。

……

大概过了一个小时，女婿回来了，他看到他的老丈人正安详地歪坐在院墙下，那只杀好的鸡已经从他的手里脱落在地上。

女婿的腿忽地软了，哭叫一声，"爸哎"，"扑通"，跪下了。刚才，在医院的产房里，在妻子的产床前，看着妻子痛苦的叫唤。他的腿也是这样一软，跪下来。

黄记熟食

　　单位在老城区，店铺密集，理发店，烟酒店，缝纫店，小吃店，应有尽有。单位的南面，有一条不宽的路。路南面的拐角处，是一家烟酒店，叫刘九烟酒，正对着我们单位东门前。烟酒店门前，摆一熟食摊子，叫黄记熟食。不用问，摊主姓黄。中等身材，偏矮偏胖。人称黄四。

　　黄四规矩，不像其他卖熟食的衣着随便。他穿戴整齐，白帽子，白上衣，看着整洁，利落。他喜欢看书，没生意的时候，就坐在凳子上看书。有生意了，立刻戴上塑料手套，称肉，切肉，装盒。收钱的时候，他把手套摘下。拿过钱的手，是不直接拿肉的。都知道，钱上细菌多。

　　黄四最出名的，是猪头肉，包括猪耳朵、猪舌头、另外还有猪尾巴。切好了，浇上卤，闻着就香，吃起来更是味道独特，口感特别好，有嚼劲，有回味。

　　黄四家的猪头肉，不仅口味好，而且卫生。他家的作坊可以随时去参观，那叫一个干净。事实上，许多猪头肉作坊都比厕所还脏乱差，污水横流，臭味扑鼻。让人看了就想呕，还吃啥啊！

　　黄四的猪头肉，限量。每天只卖一个猪头，多余的不卖。所以，他家的猪头肉总是半小时内被抢光，没有隔天的肉。而别人家的肉，往往会卖剩下，留着第二天再卖，味道就差远了，有时还坏了，吃了会拉肚子。黄四对猪头的要求很严格。要好猪头，没有好猪头，宁可不卖。有些人家，低价收进臭猪头，多放香精，坑蒙顾客。

有时候，到点了，刘九烟酒的门前静悄悄的。黄记熟食哪去了呢？过个一两天又来了，说没进到好的猪头，所以就不卖了。宁可少挣钱，也不能坑人啊。

周围的人都买黄四家的猪头肉，还有远道的，慕名而来。我和同事也在下班的时候，偶尔买一点，做下酒菜，换换口味。但这样的时候很少。年轻时候，大口大口吃肥肉的劲儿，已经过去了。

现在，黄四熟食虽没有早先那样火爆（现在人的生活条件好了，能吃到的美味多了），但每晚都能卖完，空柜子回家。他有规矩，不卖隔天的肉。

我到盐城六七年了，每天下班都要路过黄记熟食。偶尔看不到，就想，又没进到好的猪头吧。有时候，走过去了，才想起来，黄记熟食出摊了吗？看多了，看习惯了，难免视而不见。

这一次，忽然想起来，好像有些日子没见到黄记熟食了，起码有半个多月吧。这么长时间，都没进到一个好猪头？

正疑惑时，黄记熟食又出现了。不过，黄四没来，一个女人在操刀卖肉。

黄四呢？

死了。

那女人是黄四的老婆。以前，她都在家里，在后台，帮助黄四打下手，现在，走到前台来了。

黄四的女人说，黄四是喝酒喝死的。

黄四好酒。每天晚上到家都要喝酒。跟卖猪头肉一样，限量，小茶杯，一杯，大概三两，多一口不喝。有人跟黄四喝过酒，知道黄四喝一斤没问题。

黄四不吃自家的熟食。黄四的父亲也是做熟食的，图省事，经常拿点熟食给儿子吃。黄四吃够了，自己做熟食，就再也吃不下了。他的下酒菜，简单，韭菜炒鸡蛋，青椒土豆丝，外加一碟醋泡花生米。一杯酒下肚，盘子也光了。

多少年都这样，雷打不动。规矩。

可那天，黄四破了规矩，喝了三杯。

那天，黄四的熟食卖得快，一会儿就卖完了。正要收摊的时候，发现柜子旁边有一个塑料袋，袋子里有切好的猪头肉。黄四想起来，是一个熟客，昨晚上买肉时多给他十块钱，让他今天留十块钱猪头肉。今天一出摊，他就把肉切好装好，留下来。

那个人怎么还不来呢？

黄四坐下来，拿起书来看。等了半个小时，还没来。黄四想，怕是忘了，明晚再留肉给他吧。

黄四就带着那袋肉，推着空柜子回家了。

到家，老婆已经收拾停当。韭菜炒鸡蛋，青椒土豆丝，醋泡花生米，都上桌了。一杯酒，也倒好了。

老婆说，今天迟了。

黄四把那袋猪头肉扔在桌上，说，是，有个人让我留肉，却又没来，我白等了一场。

说完，坐下喝酒，一会儿，菜光了，一杯酒喝完了。

平常，喝完酒，黄四站起来，活动活动，洗澡。可今天，黄四没挪地方，还坐着，眼睛盯着那包猪头肉。

老婆说，啥意思？

黄四说，这肉不能留到明天啊，咱有规矩，咱黄四的猪头肉从不隔夜。

老婆说，吃了啊？

黄四说，咱有规矩呀，不吃自己的猪头肉。

老婆说，那怎么办呢？

黄四纠结了好半天，最后决定，就破回规矩，吃了吧，不能浪费了。

就又倒了一杯酒，就着猪头肉喝。喝着，上瘾了。好多年没吃自己熬的肉啊，真香。一高兴，又喝了一杯。前前后后，喝了三杯。肉也吃光了。

黄四倒头就睡，一会儿就打起了呼噜。

后来呼噜停了。

第二天早上，老婆发现，黄四已经死了。

黄四有一斤酒的量，那天他才喝三杯，也就九两，怎么把自己喝死了呢？

那是被自己的肉吃死了。

这是很奇怪的事。

李莲花的简单爱情

我家在漂城郊区卞仓。他家在大丰。

大丰有个农场，每到农忙季节，远远近近的人都到农场去做工挣钱。父母也带我去了。一家人在农场收玉米。这时，有一个人说，这姑娘挺标致的，给我儿子做媳妇吧。

我抬起头看，看到了两个男人，一个将近五十岁，一个二十出头。看样子是父子。说话的是父亲。儿子在一旁没吱声，只是看着我笑。

那是我第一次看到他。

晚上，母亲带我去三舅奶家串门。三舅奶家就在农场附近。我小时候去过，现在记不清地方了，就跟着母亲走。走到一户人家，进去。我很纳闷，这跟以前来过的三舅奶家一点不一样。就在这时，里屋的门开了，他走了出来。他冲我一笑，削了两个苹果，一个给我母亲，一个给我。

坐了一会儿，母亲就带着我出来了。没有去三舅奶家，而是回了农场。

我不知道，这个晚上，母亲是特意带着我来相亲的。

相亲的结果是没有结果。母亲似乎看不中他家。虽然他家的条件比我家要好些。那以后的几周，我再也没见到他。

后来，农场的活干完了，我们离开大丰回了卞仓。

一个月后，我们一家在地里干活，忽然下雨了。我们回家，远远地看到一个人站在我家的廊柱下。雨中看不清楚脸面。到门口打开灯一看，原来是他，浑身精湿。

我们一家就把他让进来。母亲找了一件我哥哥的衣服让他换上。我哥哥的衣服比较小，而他高大，衣服穿在身上，有点紧紧巴巴，很滑稽，我不由笑了一下。他也憨憨地笑。

他睡在我哥哥的房间。我哥哥外出打工去了。

第二天一早，我起来煮早饭。揭开锅盖一看，一锅白花花的米饭。到廊下洗衣服，满盆的衣服泡着。他站在洗衣机前冲我笑。

他在我家住了十天。

十天后，我奶奶说话了。奶奶说，不明不白的，住了十天，别人会说闲话，让他回去吧。

父亲觉得有理，就跟他说了。他不想走。父亲说，不走不行，有本事你把我闺女娶回去。他说好，他回去了。临走还看了我一眼，有点不舍。

母亲说，这孩子挺勤快的。

父亲说，这孩子勤快得过了头。

没过两天，他家就请了媒婆来提亲。父母问我意见。我说，你们看呗。父母就同意了。

按农村的习惯，他带我到城里买一套衣服。买衣服的间隙，他问我的生日，我告诉他。他又问，你们那里聘礼一般是多少。我说，我也不知道，我们村里有一个人，聘金是28800元。他记住了。

过了几天，他父亲带着他来了。他父亲从兜里拿出一个厚厚的红纸包来，打开来，厚厚几沓钱。他父亲说，28800，请您点一下。我父亲就点了一下，正好是这个数。收下了。他父亲又从兜里拿出一个红纸包来，打开一看，一个纸条，上面是日期，腊月初八。是结婚日期。我父亲就火了。今天刚举办定亲仪式，婚期你们就私自定下来了，而且离得这么近，只有一个月时间，你们说什么日子就什么日子呀！

他父亲慌了，说，这日子不是我们定的，是请小神仙算的。按他们这生辰八字掐算，只有腊月初八是好日子，今年不把喜事办了，那得再挨一年，一年啊。

他也求我父亲，说，大爷你就答应了吧，我一定会待她好的。父亲没吱声。他又看我，说，你说句话吧。我说，我说什么好呀。这场面很尴尬。他突然给我跪下了，说，你就答应了吧，我会真心对你好的，不会让你受罪的，你不答应我就不起来。

我也慌了，伸手就拉他，说，嗯，嗯，你起来嘛。

他起来了，说，你答应了，你说嗯，你答应了，你让我起来，你答应了。

父亲叹了口气，出了屋子。他父亲赶紧一边掏烟，一边跟了出去。

一个月后，腊月初八，我就嫁到他家。

新婚之夜，我说，以后不许你像第一次到我家那么勤快。

他说，嗯。

我说，以后也不能轻易就跪下，男儿膝下有黄金。

他说，那不是着急吗？

到现在，我们已经过了十年，孩子九岁了，在大丰小学读书。我们过得很好，真的很好。

跟我讲这个故事的，是我们食堂的服务员，叫李莲花。

李莲花说，这就是我的简单爱情。

流　水

我到漂城上班，一开始的生活很有规律。早晨6点左右睁开眼，坐起来，把昨晚的凉开水对点热水，不冷不热喝下去。然后，上趟卫生间。再回来，倚在床头，看会儿书。书看得不讲究，顺手划拉一本，没头没尾地看。

读了半个小时，或者短点，或者长点。起床，洗漱。出来，伸伸胳膊踢踢腿，沿街走，或者向南，或者往北。南面是市中心，越走人越多，北面是城乡结合部，人少，可以拐进一个公园。公园里很热闹。不仅有老头老太太，更多的是中年妇女。随着音乐，扭呀扭的。我不参加，但喜欢站在一旁看。有一个中年妇女看我老是站着不动，招手说，来呀，来呀。我笑着摆摆手。

转了半个小时，我又转回来，转到单位对面。单位对面，有一个小巷。巷子里，有两家豆浆店。巷口，支着一大一小两个炉子，打烧饼，炸油条。火炉子旺旺的。烧饼炕得黄黄的，咬在嘴里脆脆的。油条也嫩嫩的，酥酥的，不焦不糊。我喜欢走进去。喝一碗豆浆，就一碟咸菜豆腐，吃一套烧饼裹油条。

吃完早饭，撂下两块钱，到单位上班。总是我第一个来。还早。打扫打扫卫生，烧水。然后，坐在沙发上，想一想今天该做哪些事。水开了。

灌水。泡一杯茶。边喝边想。喝了一杯茶，到点了。陆陆续续，都来上班了。大楼活了。

中午，到食堂吃饭。食堂的菜说不上好吃，也说不上难吃。盒饭。一荤两素。加两块钱，可以再搭一个荤的。一开始总是海带炒肉丝或萝卜烧肉或红烧鲫鱼。各人的口味不一样，有的人喜欢吃海带炒肉丝，有的人很反感。对于萝卜烧肉，大家的看法比较一致，就是萝卜比肉好吃。现在荤菜品种齐全了些。有土豆烧牛肉，有红烧蛋饺，有红烧肉圆，有红烧鸡大腿。

食堂是个小社会，这里的事，可以另起一篇，这里暂且不表。

吃过饭，或者回宿舍，或者直接到班上。躺在沙发上看看报纸。我喜欢看晚报。我这人没什么品位，不喜欢看时事版，也不看体育，也不看副刊，喜欢看些稀奇古怪的社会新闻，包括明星的花边新闻。我企图从这里找些创作素材，创作灵感。事实证明，没戏。

看完花边新闻，我开始看党政新闻，或者副刊。看看副刊又培养了哪些女作者。仅此而已。看着看着，我就睡着了，报纸盖着脸。我睡态很不雅。

下午，上班，没什么好说的。

晚饭，如果有应酬，就去喝酒呗。没应酬，就到粥店喝碗粥。有时兴致来了，割五块钱猪头肉，要一碟花生米，拿瓶二两五的红星二锅头，自斟自酌。我觉得这非常有意思。比在高档饭店里大鱼大肉，好酒好菜有意思。

这时候，我总是能听到一个人呜呜咽咽吹长号的声音。我问，谁在吹号呀？有人答，是蛋糕房老板的丈人在吹。我问，他遇到什么不开心的事了吗？这人答，没听说过。

吃完晚饭，下面的事不想多说。还是回过头来说说吃早饭吧。

吃早饭，在豆浆店。两家。巷口第一家是一对老头老太太开的。老头年长些，老太太看着年轻些。老头围着围裙，戴着眼镜，乐呵呵地站在门口，让你路过他门口不好意思进第二家。但有些人还是毫无顾忌地进第二家的。

第二家是个中年妇女开的。她高高瘦瘦的，夏天喜欢穿一件素花旗袍，利利落落。很多人愿意去第二家。

后来，解放路拓宽，建 BRT，第一家拆了，只剩下第二家。第二家门前是个院子。院子里放两张桌子，很多人愿意在院子里吃。

每天早上，我总是看到一个很邋遢的老年人。夏天，上身穿着一件蓝色的汗衫，下身套着灰色大裤头。这套装束一个夏天不带换的。老人面皮黑油油的，脏兮兮的。眼睛看着有些特别，向上翻。后来才知道是瞎子。怪不得桌边上靠着个拐棍呢。他的吃相很难看，喝着豆浆，呼噜呼噜的。咬着烧饼，叭唧叭唧的。翻嘴唇，满口黄牙。很让人不舒服。吃完了，还不走，在院门口坐半天。

每次来，我总是躲他远点。甚至，我不想在这家吃早饭了。我怕他用过的碗筷再给我用上。

但老板娘对他很热情，给他端豆浆，拿烧饼。问长问短。

有一次，我悄声问，他是你亲戚？

她说，不是。

见我不吱声了。老板娘说，他年轻时可是个角儿呀。著名淮剧演员，红过不少年。我们一家，都喜欢听他唱戏。

老板娘说，他是个孤儿，一辈子也没娶老婆，现在还是一个人，怪可怜的。

我说，现在不唱了？

老板娘说，不唱了，现在谁还听这个，都到歌厅去唱歌了。

我说，也是，旧的总归旧了，旧的不去，新的不来嘛。

这时，外面有人叫，老和尚，唱一段，唱一段。

那人头微微抬一下，没吱声，继续呼噜呼噜喝他的豆浆。

老板娘笑了，悄声说，年轻时可爱唱了，还是个风流鬼。

这是两年前的事了。现在这家豆浆店也拆了。我要到另一个街口吃面。再也吃不到豆浆油条了。

我不知道那个著名淮剧演员现在到哪去吃早饭了。

两年来，我一次都没碰到过他。

到处都在拆迁。我们单位对面基本上都拆了，一片废墟。我们单位以后也可能要拆。不过，那不是一年两年的事。我们单位已经在城南新区盖大楼了。

对面拆迁的时候，每天晚上，我总是看到一个围着围裙的老人对着废墟吹长号。我想，那就是蛋糕房老板的丈人吧。

我到蛋糕房买过蛋糕。我问蛋糕店的老板，你老丈人为啥要吹长号呢？

老板是个很精练的年轻人，说，闲呗，没事呗，怀旧呗。

卖盗版书的老黄

十年前，我居在响水县城，晚上下班会经过老黄的书摊。他的书摊很简单，原先是一辆老式的木拖车，拖车上整整齐齐摆放着各类盗版书和旧杂志。一条长凳垫在车尾，车子就放平了，支在路边。老黄乐乐呵呵坐在车尾，一双浑浊的眼睛东瞅瞅西看看，恭迎来买书的人。后来老黄换了一辆平板电动三轮车，书码放在车帮子上。这样来回运输省力省时省事，跑起来方便些。毕竟岁数大了，拖着一车书吃力啊。

那时的老黄已近六十了吧，头发花白，面色褐黄，见到我总是乐呵呵打招呼，下班了啊，吃了啊，散步啊，等等。我呢，如果没要紧的事，便会停下来跟他聊几句。夏天的夜晚，老黄的三轮车书摊就停在路灯下。他往往会穿着大汗衫、大裤衩，坐在长凳上，摇着大蒲扇，一是纳凉，二是驱赶蚊虫。没人的时候，他会戴上老花镜，很高雅地拿本盗版书，眯缝着眼睛看。有人来了，他会立即合上书招揽生意，人走了，又翻开来看，不问是哪一页。

我翻看他车上的书，发现他的书虽是盗版，但皮相还可以，里面错别字很少。

跟正版书有得一拼呀。我恭维他。

那是那是。老黄咧着大嘴叉子乐了，然后不紧不慢说，古人讲过，盗亦有道。咱卖盗版书，也有个道道。咱进书的路子很正规，质量还是能保证的，都是激光照排，跟正版相差无几。有些路子价格很低，利润大，咱断不会进这路书的，质量太差，错别字太多，误人子弟啊。现在正版书那么贵，动不动就是三五十块，甚至上百块，一套书要上千块，有钱人当然买得起，可是，工薪阶层的，就会心疼得咬牙了。这就是路边的盗版书销量好，书店里的正版书销不动的原因所在。有人说盗版书侵犯了出版社和作者的权益，其实，盗版书为作者做广告呢。再说，你不盗别人会盗，禁止不了的呀。

不仅老黄卖盗版书，老黄的儿子、儿媳都卖盗版书。老黄给他们提供进货渠道，教他们生意经，还帮助他们守摊子。老黄说，没办法啊，总得吃饭啊，儿子儿媳都没工作，也没有啥技术，都不愿意出去打工，就在家门口找点轻巧的活干干，就卖盗版书呗。儿子跟儿媳很精明，把书摊分开来摆，一人守一摊，这样，买书的人如果嫌这个书摊的书贵，就到另一个书摊上去买，往往会稍稍便宜一些，成交率也高。他们不知道，两个书摊其实是一家的。

到吃饭的时候，老黄的老伴就拎着三个饭盒来了。老黄，儿子，儿媳，忙的时候轮流开饭，闲的时候，聚在一起吃饭。看上去，这一大家子还是很和谐的，其乐融融。

不知什么时候，出现了裂痕。他跟儿子儿媳是有约定的，书价要按统一的折扣来，不允许放低价格。儿子和儿媳把一个书摊分成两个书摊，他没说什么。可是，后来，儿子和儿媳把书价压得很低，老黄的书摊就受到冲击。老黄生气了，跟儿子儿媳理论，儿子儿媳都不听他的，依然按自己的价格卖。更让老黄难以容忍的是，儿子儿媳竟然没走他的渠道，低价进了劣质书。老黄一怒之下，把书摊摆到另一条街上。他跟儿子儿媳决裂了。

再后来，这几家书摊被有关部门查处了。听说，因为有人举报。

谁举报的呢？有人说是老黄。

老黄踏起了三轮车，有时会见到他在路口揽客。他说，作家，送送你啊。

我哪能坐他的车呢？看一个跟我父亲年纪相仿的老人撅着屁股蹬车，我在车上风风凉凉地坐着，无动于衷，那不是我的风格呀。

我后来离开了县城，调到市里，再也没见着老黄。

不久前的一天，我在县城办完事回市里，在公共汽车上等待出发。忽然看到老黄踏着三轮车过来。只见他抱着一沓报纸，上了车，向车上的旅客兜售小报。看到我，有点不好意思，笑着说，拿一份看看啊。我摇摇头。他却拿着一张小报塞到我手上，转身下车了。

我拿着小报，愣了半天，一个字看不下去。

已经七十多岁，曾经卖过盗版书，现在踏三轮车、卖小报的老黄啊！

盲 刘

盲人姓刘，人称盲刘。

盲刘本来两只眼都是好的，一只眼因为病毒感染，失去光明，另一只眼，跟弟弟"搞嘴"（浮县人称两小孩打架叫"搞嘴"），被弟弟误伤，也坏了。

眼睛坏了，心眼很灵。盲刘有见识，有计谋，有主张。

盲人也要吃饭啊，盲人最好的营生是算命。

这里有说法：盲人算命才灵。盲人因为眼睛失去作用，心灵感应能力特别强。有的人为了混口饭吃，装瞎。有经验的人，来算命，先要试试这仙儿到底是不是真瞎。

当然，也有睁着眼算的，但不如"盲算"准。

盲刘娶了老婆，也是盲人，名字叫果，人称盲果。

盲果的生活能力不如盲刘，不会洗衣不会做饭。优点是长相秀丽。这个优点对盲刘来说等于零。再美的花瓶，盲刘也无缘欣赏。

盲刘算命时，盲果在旁边看着解闷（其实是看不着的，听听而已）。来算命的客人看着这一对生活在黑暗世界的人，不由得从心底叹息："唉，痴人有痴福。"

不知是叹盲刘，还是盲果。

盲刘很辛苦，接待完客人，还要忙里抽空洗衣做饭。

衣服洗得干干净净，饭做得喷喷香。

 少年梦·青春梦·中国梦——中国故事
[邓洪卫] 春天送你一首诗

穿着自己洗的干净衣服，吃着自己做的可口饭菜，盲刘快乐，充实。

他们有了儿子。儿子上了学，成绩非常好。又初中毕业，竟然考上了市里的中学。

亲戚朋友们都劝，就在镇里的中学念吧，到市里念，不方便，也犯不着。

盲果也说，咱们两眼一抹黑，让他念到这程度，也算对得起他了，干脆让他下来，自己做点事吧。

盲刘不听，硬是让儿子上了市里的高中。

盲果说，那就让他住校吧。

盲刘说，不行，我也要像别人一样，在学校旁边租房子住，伴读。

盲果说，咱们怎么能跟别人一样呢？

盲刘说，怎么不能一样！

盲刘就带着盲果和儿子来到城里。

盲刘的名声大，每天都有人找他算命。即便到了城里，还是有很多人找上门来。盲刘定下规矩，每天上午8点到10点、下午3点到5点营业。其余时间一律谢客。

盲刘要抽出时间侍候儿子。他6点准时起床，给儿子做饭。8点钟营业，10点钟歇业做中饭。吃完饭午休，再营业，再做饭。他做饭手很熟，东西放在哪好像能看到一样，拿放很准，一点不像个盲人。他不用去菜场买菜，约好菜贩直接给他送过来。盲刘做饭的时候，盲果在旁边看着，有时会唱歌。对了，盲果除了长相秀丽外，歌唱得也很好听，歌词并不固定，想到哪唱到哪，很随意。

儿子终于上了北京的大学，盲刘也算功德圆满。有人劝他回去，盲刘不答应。他还要待在城里。他说，人往高处走，水往低处流，我既然来到城里，哪有再回去的道理。

不仅不走，还想再生一个娃儿。并且，算准要生个女娃。现在不少有本事的人都在找指标生二胎。他们能，我为啥不能？

盲刘和盲果开始了造人运动。果然，如愿添了个闺女。

盲刘喜得不得了。

老家镇上的弟弟来找他，说老屋要拆迁，要跟开发商谈判，有些账他算不过来，怕被黑心的开发商蒙骗，请哥哥回去算一算，主持大计。

弟弟虽然眼睛清，心却浊。啥也拿不出主意，大事小事还要问这个瞎哥哥。

我哥心灵巧着呢，要不是眼睛，县委书记也当得。弟弟说。

盲刘就回到镇上。

他出马果然好使，该得的权利一样不少，还加了许多额外条件，开发商居然全应允下来。

一切谈妥，天已晚。弟弟留他住一宿，明天再回市里。盲刘不应，盲刘惦记盲果和女儿。

弟弟要送他。盲刘不让，说自己可以摸回去。

起码得送上车吧。弟弟说。

盲刘还是不让。

你们不要把我当做瞎子。他恼怒地说。

弟弟就不好劝了。

盲刘就只身到镇公路边等过路车。过路车很多，却没有车为他停下。

终于有一辆车奔他过来了，仍然没停，却直接撞上了他。撞完了也没停，一溜烟而去。

一点准备都没有，盲刘去了另一个世界。

弟弟抱着他号啕："瞎子就是瞎子，再灵巧也是瞎子，别不承认呵。"

盲果成天抱着几个月大的女儿唱歌。

歌声好听却有悲意。

盲果说，盲刘的灵魂不远，我的歌声会赶上他，把他追回来。

有人惋惜，盲刘会算命，怎么不为自己算算吉凶呢？

真正会算命的，是从不为自己算命的。立即有人正色地回答。

盲刘的儿子弃了学，从北京回来，照顾母亲和妹妹。

他们把家从城里搬回镇上。

日子还得流水一样往下淌，淌到水干鱼尽时。

牛五爷

牛五爷跟我家是紧密邻居，但关系上并不紧密。

我们两家大人经常吵架。吵得不可开交。

可大人吵架，跟我们小孩有什么关系呢？我们照常玩我们的。

虽然，母亲经常警告我，不要去他们家玩，他们家人坏。可是，我管不住我的腿，忍不住往那边跑。

诱惑我的，是牛五爷家的"小驴车"。小驴车，当然，是由驴跟车的组合。这可是牛五爷家挣钱的工具。

我们是不敢靠近那驴的。

虽然，那驴看上去很可爱，长脸，大耳朵，冷不丁地会"咴咴"地叫。

因为这驴，我们的童年多了许多乐趣。我们小伙伴平常挤对人，也经常拿驴说事。说谁的脸长，就叫驴脸。说谁的记性差，就叫"春风过驴耳，这耳进，那耳出"。说谁做了傻事，就骂"一早起来让驴踢了"。

对了，我们不敢靠近驴的原因，就是怕让驴踢了。

现在，如果看到驴，就会觉得驴很瘦小。比起马来，更是显得弱小。但，那时，驴对我们来说，绝对是高大的。到初中学课文《黔之驴》时，写虎见到驴，庞然大物也，以为神。我们那时看到驴，就是跟老虎初见驴一样的感觉。

所以，我们喜欢驴，以为奇，但只能远远地看。

我们还喜欢牛五爷家小驴车的另一半——车。我们那叫"拖车"。

我们小男孩喜欢拉着拖车满村疯跑。坐在车上的男孩不停地喊："驾，驾。"拉车的男孩绝不会觉得这是骂人的，相反，会拉得更欢，像小毛驴一样。

早晨，上学的时候，有时会碰到牛五爷正好套上驴车，要出去拉活。我们都兴奋极了，争先恐后的，爬上驴车。一般，爬车是在驴车慢慢行进的过程中，往上跳的。比如牛五爷，套好车，一抖缰绳，驴就像接受指令一样，抬腿向前走，走两步，便是小跑。牛五爷不紧不慢地一斜身，就坐在驴屁股后面的车辕位置。我们几个一拥而上，顺着车尾就爬了上去。牛五爷喊了一声驾！小驴便快跑起来。一路上，颠颠地，在嘻嘻闹闹中，我们就到了学校。

那样快乐的时光，比在学校上课要强上百倍啊。

但，有一次，连着好几天，我们也没看到牛五爷和他的驴车。

终于忍不住去问牛五奶。牛五奶说，出远门拉活去了，要两个星期呢。

我们都相信了。

但那天晚上回家，我正在做作业。母亲回来了。母亲跟父亲说，报应啊，这家人无恶不作，居然去偷人家东西，人被派出所拘留了，小驴车也被人家扣下了。

我听出来，母亲说的是牛五爷。

我说，不可能吧，人家牛五奶说，牛五爷是出去拉了个大活，要两星期才回来呢。

母亲没好气地说，你做你作业，别乱掺合。前三村后五庄的，谁不知道，他牛五是个贼，经常偷人家东西，这回被逮个现形，瘪得了吧。

母亲又警告我，以后不许去他家玩了。

我很难过。第二天上学的时候，跟几个小伙伴一说。小伙伴们都不相信，说，你家跟他家吵架，就说人家不好吧。

当中，有一个小伙伴，叫李红旗的，说，他也听到消息了，牛五爷偷的那家，正好跟他外婆家在一个庄子上。

那么，牛五爷的小驴车一定也被扣在那个庄上了。

于是，放学的时候，我们在回家的路上，不由自主都拐了弯，在李红旗的带领下，向他外婆的那个庄子挺进。

到底是真是假，看看小驴车是不是被扣在那个庄上就行了。

在那个庄上，李红旗外婆的邻居家的门前，我们看到了牛五爷家的拖车，还有小毛驴，孤零零地在原地打转。

那确实是牛五爷家的小毛驴。

小毛驴看到我们，也不答话，好像不认识我们似的，背过头去，好像很害臊的样子。

我们几个默默地往回走。

没想到，这是真的。

没想到，牛五爷竟真的是个贼。

我们都拉了勾，再不做牛五爷家的驴车了。

可几天后的一个早晨，我们看到牛五爷又在他家门口的驴圈旁套车，准备出发了。我们都不约而同地背着书包跑过去。

驴车一颠一颠地驶向街心的学校，我们嬉笑着，早忘记了誓言。

一晃，许多年过去了。

我已记不清牛五爷家的小驴车是什么时候在生活中消失的。

牛五爷也死去好多年了。

钱老师

十年前，我在县里银行营业厅做柜员的时候，遇到了初中的班主任钱老师。他是到银行拿工资的。钱老师说，我的学生中，成为作家的，就你一个，了不起呀！

他说他经常在报纸杂志上看到我的小说，不久前还看到了《庄保四寻妻》。那是成熟的写作了，我很喜欢。他很兴奋地说。仿佛是在中学课堂上评点我的作文。

那时，钱老师是一个乡中学的教务处主任。我都四十了，你也有三十吧，岁月不饶人，一晃十几年过去了。那天，他很感慨地说。

钱老师从阜宁师范毕业，分到我们中学。他教的第一届就是我们班。开学第一天，他背着手，站在教室后面，我们还以为是高年级的学生，来找弟弟妹妹。站了一会儿，他居然走到讲台上，用并不标准的普通话说，同学们好，很高兴我能在这个学期跟大家一起学习语文，另外，我还担任你们的班主任。我姓钱，我叫钱绍政。

说着，他拿起粉笔，在黑板上写下自己的名字。很工整的楷体。

我在下面笑了。钱绍政，谐音就是钱少挣，这人这辈子发不了财。

钱老师的课上得生动活泼，喜欢引经据典。他喜欢读课文，逐字逐句地讲解。他说，我之所以带着你们读课文，是训练你们的语感。语文最重要的是语感。后来，别的班老师来代课，也不读课文，就归纳段落大意、中心思想，听得我们稀里糊涂。大家都觉得，还是钱老师讲的课耐听。

不久，学校举办文娱晚会，每个班推选节目，推来推去，就推选我讲故事。讲什么？我讲的是《张飞喝断长坂桥》。

演出是一天晚上。我忘了。我是走读生，放了晚学就往家里跑。到家里吃过饭，做作业。这时，我的一个到过我家里的同学跑过来，说，今晚演出，你咋跑回来了呢？我说，忘了。他说，钱老师在村口等着呢，快走。

我慌忙地跟着他到村口。果然见钱老师扶着车子站在月亮地里。看到我来了，二话不说，让我们上车，我那同学坐后面，我坐前面，钱老师骑车。钱老师近视，眼睛看得不是太清楚，骑着骑着，一头钻进路边的草垛上。爬起来，哈哈笑了一气，继续赶路。

我们三个人，劲大，不怕撞着人，就怕撞着树。他开玩笑说。当然路上并没有撞着树。

到了学校，教室门前的一块空地上，拉着几个昏黄的灯泡，聚着不少人。老师们坐在前排。学生有的坐着，有的站着，围着一圈。我喘了口气。钱老师递过一杯水来，我润了润嗓子，就上了台。其实也没有台子，就是一小块空地上放着个立式话筒。我先说了句定场诗：长坂桥头杀气生，横枪跃马眼圆睁，一声吼似轰雷震，独退曹家百万兵。说到张飞断喝的时候，还哇呀呀怪叫，引得一片笑声。说得比较成功，校长让主持人再报个幕，让我加演一段。主持人是个女的，嗓音很脆，大声说，说得好不好，妙不妙，再来一个要不要。于是，我抖搂精神，上去又演了一段《华容道》。也学曹操到华容道时的哈哈大笑。那时岁数小，胆子大，不像现在怕事，遇事总是向后退。

下场后，钱老师拍着我的肩膀说，不错，好样的！

到初二下学期，我跟钱老师闹了一场误会。钱老师不知为了什么事情，处罚了一个学生。我的记忆中，钱老师到了初二，性格有所改变，脾气似乎见长。这个学生的家长找到学校，说钱老师殴打了他儿子。学校调查下来，没有证据。学校就让那个学生写检查。这个学生就写了。引经据典，言语之间还是有点骂钱老师的意思。问题是，这学生跟我走得近，而他这检查，很似我的文风，我写作文也引经据典。钱老师很生气，认为是我写的。他觉得对我这么好，而我还帮别人骂他，他很伤心，也很恼怒。责问了我几次，我不承认。他更加生气，认为我不敢承认错误。总之，那件事最后闹得很僵。后来，那个学生的家长似乎因为别的事又到学校告钱老师，弄得钱老师很被动。

这是个误会。那以后我和钱老师的关系紧张起来。直到初中毕业，也没有完全缓解。

现在想想，这样的误会在现实生活中太多了。师生、同事、兄弟、夫妻等等，之间存在着太多的误会。有些误会很快就会消解，有些误会将影响你的一生。当年，毛泽东在长征途中误解了彭德怀，几十年都记在心里。伟人尚且如此，况我等凡人！

我高中有一个同学，跟钱老师同村。他跟钱老师提起我，钱老师说，一开始我们挺好的，后来不太友好。

去年，我到淮安开会。一个同学请我吃饭。同学请来几个同乡作陪，其中有一个刚毕业不久的女生。她说，钱老师是我的舅舅，钱老师曾经提到过你，你是个作家呢。

我忽然感到有些心酸。钱老师最后一次在营业厅见到我的时候，说，岁月不饶人，一晃十几年过去了。现在，又一晃，十几年过去了。钱老师应该做校长了吧。再过一个十年，也该退休了。

秦 武

秦武是个诗人。诗人都有点怪。不怪写不出好诗。

秦武也有点怪。

光头。锃亮锃亮。一字胡须，怪怪地向上翘着，像是挑衅。眼睛看人的时候，有点狠。

这跟他的经历有关。别看他的名头很响，又是诗人，又是总经理。其实，他很孤独。

他怕别人说起他父亲。他说，那是他的软肋。

秦武的父亲是镇兽医站站长，在镇上是个人物，人称"小宋江"，仗义疏财。谁家有困难了，接济一二，逢高兴了，摆几桌，请一些穷朋友来豪饮一番。

喝得杯盘狼藉，横七竖八地躺着，是常有的事。也是秦武小时候常看到的场面。

但是，这样的场面，在一天早晨戛然而止。小秦武的父亲在自家的屋顶上（他家是平房，父亲每天早晨都要上屋顶早锻炼），忽然摔下来。

接下来，一家生活的重担，都落在母亲一人身上。

父亲仗义疏财接济的朋友，这时候，都散了。没一个傍边的。

其实，很多人都跟父亲借过钱的。可是父亲从来没让他们打过借条。

就算是打了借条，也不一定认账。

秦武过早地看透了炎凉世态。

秦武在艰难的环境下，念到中专毕业，却找不到工作。

他的一个诗友，在深圳，办了一个公司。他就收拾行李，投奔了去。

兜里刨去路费，只剩下5元钱。

到了深圳，已是夜晚，下了车。跟一个拉三轮的谈妥了，到某个地方，5块钱。

三轮车夫很痛快地答应了。他说，好，上车吧，知道你外乡人，不容易。

秦武的心里涌上一股感动，眼里竟有一些湿湿的潮。

车子飞快地行进，突然他听到车夫的一声断喝，到了。

秦武探身一看，四周黑乎乎的，根本不像他朋友所说的繁华路段。

车夫手里拿着铁棍，喝道，下来。

秦武下来。

车夫喝道，拿出来。

秦武明白，这是个黑车夫，劫道的。

秦武从兜里翻出5枚硬币来，放在车夫的掌心。

车夫说，都拿出来。

秦武说，没有了。

车夫骂道，找死呵。

秦武说，打死我，也没有了，要不我把这身衣服也脱给你。

车夫道，你这身破衣烂衫的，谁要。

车夫狠狠地说，倒霉，碰上你这穷小子。

上了车，发动，一下子蹿出老远，忽地又停住了。

又是一声骂，妈的，不要了，腥了手。随着车夫的手一扬，一阵叮叮当当地响。那是硬币落地的声音。车子又发动，轰的一声，跑了。

在一瞬间纷杂的声音中，秦武还是听出来，共6声响，也就是说，他给了车夫5枚硬币，而车夫扔出来6枚。

他赶紧跑过去，在石板路上找寻。他在 10 分钟之类，找到了 5 枚。第 6 枚，让他找得好苦。

他甚至有些怀疑是不是 6 声响。

可最终，在一个石头缝里找到了。

而那时候，天已经亮了。他将 6 枚硬币放在兜里，走出巷口，他朋友所说的公司就出现在面前。

秦武在深圳闯荡了 5 年。5 年后，他又回到了家乡办公司。公司办得不太景气，亏损。跟朋友吃饭，大多是朋友掏钱。

有一天晚上，我们在大排档里喝酒，他讲起了这个故事。

他很感激车夫。

是个好人啊，难得的好人。

他说，当年，我父亲接济过那么多人，可他一死，没一个人送过来一分钱。可这个车夫，在他最困难的时候，却送给他一枚硬币。

他说，寻硬币的过程，也给了他很大的启示。他到现在写过无数首诗，可是好诗也就那么几首。就如他找到的第 6 枚硬币。这枚硬币才是诗啊。

那天，我们的酒喝多了。我们的话也分外多。

秦武喝得更多，他趴在桌上，先睡了。

几个民工模样的人就在这个时候走过来。

为首的一个说，老板们，我们到这里打工的，老板跑了，我们一分钱工资没拿到，求求你们，给我们吃个饭吧，我们已经饿了一天了。

我们喝着酒，没有理他们。

趴在桌上的秦武却说话了："旁边的桌子坐下，每人一碗凉皮，一瓶啤酒，我请客。"

几个人道声谢，全围在旁边桌边坐下了。

为首的那个民工说，今天遇上贵人了。

秦武说，错了，你们没遇到贵人，是遇到好人了。

民工说，是，是，好人，好人。

秦武对我们说，我刚才眯了一觉，也就两分钟的工夫，我见到我父亲了，我父亲说，要做个好人啊。

　　秦武说着，满脸的泪水。

　少年梦·青春梦·中国梦——中国故事
　　　　　[邓洪卫] 春天送你一首诗

三姨奶

三姨奶不是我的三姨奶。

我性格内向，遇到生人、或在人多的时候，很少说话。这是小时候就有的性格。

这样的性格，使我很少跟小朋友们一起玩，只有自己闷在家里看书，或者发呆，想心事。

那么点孩子，能有什么心事呢？

我自己都弄不清楚在想什么。

后来，迷上了听书。我后来写小说，就跟那段听书岁月有关系。

听书，不是书场里听。那个小乡村，哪有书场啊。先是听村里爱讲古的王大嘴讲，再后来，听收音机里讲。

我家里没有收音机。听书只有到老钱家听。那时村里有两台收音机。一台是老杨家的，去的人很多。另一台是老钱家的。

老钱家的人很忙，地里有着活，街上有着生意，很少在家。在家的是一个老太太。

这个老太太就是老钱家的人经常叫的三姨奶。是钱家奶奶的三姐姐。

我们也跟着叫三姨奶。

一到收音机里说书的时间，我就赶来了。我搬出一张小桌子，放在门前的树阴下，再搬出一张椅子，一张凳子。再搬出收音机，放在场院里，调好台。

三姨奶就躺在那张老藤椅上，轻轻地摇着蒲扇。我坐在凳子上，半个身子趴在桌上。

三姨奶有 60 多岁吧。满头白发，慈眉善目。听说，年轻的时候，非常漂亮。虽然岁数大了，但身子架依然不倒，脸盘儿也透着英气。

我甚至想，她就像《三国演义》里的吴国太、《岳飞传》里的岳母、《杨家将》里的佘太君。

我也看过一些电影。三姨奶就像电影里一些很有身份的母亲人物，有着城里人的雍容大度，绝不像农村人。

可是她的身世，并不富贵。

听钱家的奶奶说，她年轻时候，确实很漂亮，也嫁给了一个好人家。可是，她不能生育。她的婆婆就不待见她，最后逼着儿子跟她离了婚。

过了几年，她又改嫁了。这男人死了老婆，有三个孩子。

她对待三个孩子，就跟自己亲生孩子一样。

可是三个孩子并不领她的情。没有一个孩子叫她一声妈。

三个孩子都长大了，成家了。有的还进了城。

好在她的男人很体贴她。可最不幸的是，男人得了绝症，撂下她一个人，走了。

她就成了孤家寡人。没有一个孩子近她，甚至把她赶出来。她真的无家可归了。

钱家奶奶看她可怜，把她带到家里来。

这亲姐妹，其实长得很有差别。钱家奶奶的皮肤很黑，牙也不好看。怎么看也不像亲姐妹呀。

但钱家奶奶的命好。钱家爹爹曾在一个厂里工作，后来退休了，领着退休金。钱家奶奶为老钱家生了三个儿子，两个女儿，钱家可以称得上人丁兴旺。

三姨奶到了老钱家。老钱家人对她都不错。

可三姨奶好像并不快乐。

树阴下，等着听书。三姨奶会跟我聊会儿天。

聊着聊着，三姨奶会叹一口气。

听完书后，她并不让我走。有些没听明白的，她会再问我。我总是回答得很好。

三姨奶常常夸我。

三姨奶说，这么点孩子，不爱说话，却什么都懂。

那样的听书岁月，持续了一年吧。后来，我不去了。

不去的原因，是跟钱家的二小子干了一架。那架干得狠，谁也想不到我一个闷葫芦会那么狠。我要跟他们家决裂。

后来，我考上初中，住了校。

每个星期天回家的时候，母亲总是说，三姨奶老是念叨你呢。

记得有一回星期六下午，我回家，遇到钱家奶奶上街。钱家奶奶说，二品呀，麻烦你走我们家看看，三姐老是念叨你，你去跟她说几句话吧。

我答应了。

可是，我竟然没有去，而是径直回家了。

为这事，我被母亲说了好几回。说归说，我还是没有去。

我承认，我是不懂事的孩子。

再后来，我上高中，回家的次数更少了。

再后来，三姨奶死了。是自杀。

听母亲说，好像跟钱家奶奶闹了些矛盾。具体什么矛盾，我也没听明白。

姐妹俩闹矛盾的时候，我母亲去调解过。我们那里把劝架叫"做拦停"。

当时"拦停"是做下来了，姐妹重归于好，各忙各的事。可是，谁也没想到，妹妹一个人在家，把自己吊在了一根绳子上。

母亲去做拦停的时候，三姨奶还说，二品个头长高了吧，书念得好吧，真是个灵巧的孩子，肯定有出息。

我怎么会灵巧呢？我很笨拙，笨拙到一些人情世故都懒得去做。

当时，无论如何，我都该去看看三姨奶的呀。

尚 红

　　这发廊临街，宽宽的门面，宽宽的匾额，黑底红字的"尚红发艺"，冷艳逼人。老板娘叫尚红。个子不高，瘦瘦的，扎一束粗粗的马尾辫，俏皮地翘在脑后，低下头来，正好遮住半边脸。黑色或红色的 T 恤束在腰间，泛蓝泛白的牛仔短裤裹着翘翘的臀，黑色网状丝袜罩着细细的腿，连跟白色凉鞋垫起身高。精神，活泼，还有点卡通。

　　她的脸并不柔和，棱角分明。岁月已经越过她四十岁的坎，继续向上延伸，正如眼角的鱼尾纹，日渐深刻。虽然，客人们还是假话真说一本正经：你呀，三十刚出头吧，很年轻的喽。她咯咯地笑着，说，奔五啦。客人侧过脸，扬起眉毛，惊讶地说，不会吧，最多也就四十吧。她说，是呵，过了四十，就奔五了。客人正了脸，看着镜子里的尚红说，四十九也是奔五，四十也是奔五，差远哩。

　　她和客人说话的时候，老公就坐在临窗的位置精神抖擞地上网打游戏。发廊不大不小，四十几个平方米，两侧都是一溜排的镜子，一溜排的椅子。最里面是水池，洗头的地方。门的左侧是吧台，吧台里面一台电脑，可以上网打游戏。电脑音量不大，但老板的心中却心潮澎湃，号角齐鸣。这老板头发不长，似黄似黑，特别是前面的毛发，稍长一些，呈一定的弧度，陡陡地立起，很见精神。方面，阔口。面皮是健康的小麦色，唇上光光滑滑，颌下一团短髭，颇具明星范儿。大红 T 恤，上绣白色的骷髅，牛仔七分裤，白色运动鞋。跷腿晃脚，斜歪着身子，胸有成竹地移动鼠标，敲动键盘，聚精会神。他的后面相着个十来岁的小伙子，学徒，相得非常投入。相了一会儿，觉得不妥，又跑到尚红的旁边，看尚红给客人剪头。

来客了。如果是男的，老板不动，小学徒过去，带客人到里间洗头，洗完了，坐在一旁静静地等。门口上方悬着一台电视，正播着精彩的综艺节目。有兴趣的客人会瞟上两眼，没兴趣的客人就有意无意地瞟镜子。镜中有尚红。瞟她的脸，瞟她的胸，瞟她的臀，瞟她的腿。如果来客是女的，老板会站起来，把客人带到另一侧的镜子前。帮着客人剪头或染发。这两口子分工明确，男的做女的生意，女的做男的生意，并然有序，丝毫不爽。

马上胡走进来的时候，没有女客，老板正在电脑上精神抖擞地打游戏。尚红也在一个男客人的头上忙活，接近尾声。她见有生客进来，礼貌地点了点头，说声你好。刚想把眼光收回，却发现了异常。这虽是生客，却不是第一次见。熟人。曾经熟得不能再熟的人。

二十年前，尚红在一个乡镇理发店学徒。马上胡高考落榜，在乡政府做临时工。他在学校时作文好，字好，在一个老师的推荐下给乡政府写写公文，抄抄文件。理发店就在乡政府旁边，马上胡经常来理发，刮脸，碰巧了还做个面膜。一来二去，就跟尚红熟了。尚红是怀春少女，从心底喜欢上了一身书卷气的马上胡。马上胡曾在学校谈过一个女友，那女友考上了学校，把他甩了。所以马上胡经受着高考落榜和失恋的双重打击，情绪正低落着，尚红的爱情给他一丝安慰，使他精神振作。马上胡爱看书，尚红就拿出钱买书给他看。马上胡看书多了，想当作家的愿望就更强烈了，尚红拿出自己的积蓄让马上胡到县文化馆拜一个写淮戏的编剧为师。一年后，马上胡觉得自己已经超过那个编剧了，他需要到更高级的地方继续充电。尚红又拿出自己的积蓄让他参加省里的作家班。然后马上胡又拿了尚红的一笔钱到京城的鲁院学习，从此再没回来。多年过去，尚红自己做起理发店的老板，并把店开到市区。而马上胡却在京城的一家杂志社边打工边写作顺便研习书法，数年后成了一位著名作家兼书法家。脑袋上顶着各类头衔的马作家经常出席各类会议，参加社会活动，随便耍耍嘴皮子讲些中国文学外国文学，随便摆摆手腕的一幅字也能值个上千上万。

那日，尚红认出了马上胡。马上胡变了。早不是小镇上的白面书生。他的脸比以前要圆，面色不似先前的寡白，而是白里透红，显示出舒适优越的生活条件。头发不再是小分头，而是飘然长发，最突出的，是额下一团短须，跟尚红老公的相仿。马上胡的衣着也十分讲究，中式对襟短袖衫，脚踏敞口布鞋，很有作家和艺术家的风范。

马上胡也认出了尚红，不由一怔。他今天应邀回家乡参加一个重要的文学研讨会，作为本地走出去的文化名人，他要登台讲话的。开会的场所就在附近，还有些空余时间，他偷偷溜出来看看街景，看到旁边一个发廊，写着尚红发艺，他想都没想就进来了，他想把项下美须修得更体面一些。他一贯注意自己的形象。可他没想到老板娘竟是尚红。好在尚红正在为客人理发，并没有多顾及他，使他有时间平静一下自己。

尚红忙完了这个客人，招呼马上胡坐到镜子这边来。马上胡坐了过去。尚红问，理发吗？马上胡说，不要理发，只把我胡须理一下，理得更整齐些。尚红说，好的。她拿过围布围在马上胡的脖子上。又拿起剃须刀，先在马上胡的上唇间刮了刮，把他上唇间的胡子茬刮得更干净些，然后，修理他下巴的胡须。下巴的胡须并不浓密，好在不浓密，才透出文气，如果浓密，那就是匪气了。尚红整理胡须的时候，马上胡不敢正眼看尚红。他心虚，他理亏。想起20年前的背叛，他还是感到羞耻的。当年，写文章学书法都很辛苦。现在，功成名就，他的生活充实而轻松。抬抬手腕就是钱，出出场子也是钱。所以，跟20年前相比，除了稍胖点，他没有太大变化，还是那么年轻。而尚红老了。20年前那个年轻俊俏的小姑娘已经不见。她的皮肤有点干，有点黄，也有了皱纹。马上胡闭上眼睛，他的内心是忏悔的。可等他睁开眼睛的时候，看到镜子里的自己，不由大吃一惊：他的额下干干净净，一根胡须都没有了。他摸了摸下巴。是的，那里光光滑滑。他低下头，看到面前的围布上，一团稀稀拉拉黑黑乎乎的东西软软地落着。他的心隐隐地疼了一下。

或许，他应该发作，应该痛苦地大喊一声，我的胡须呀！可是他没有，只是默默地抖掉围布上黑黑的一团，然后站起身来，解下围布，走出了发廊。

那边，老板仍然在精神抖擞地进行他的游戏大战，忽然一拍桌子。尚红知道，他又赢了一局。

沈　会

　　沈会爱好摄影，每个星期天都挎着他的照相机四处溜达，见山拍山，见水拍水，见绿拍绿，见红拍红。不过，进入他镜头最多的，还是那些风情摇曳的美女。有偷拍的，也有美女主动找他拍的。美女当中，有相当一部分是在校的大学生，她们秀气的脸上或流淌着无邪，或荡漾着成熟，或着短衣裙，或着低领装，或依绿树旁，或卧浅草上，多姿多彩，仪态万千，让人看不够，爱不够。

　　他的很多图片都上了博客。他的博客名叫：慧眼好色。当然，博客上挂的美女图片比较多，看标题你就知道了，什么美女玲玲，靓女婧婧，淑女芳芳，少女雅雅。还有名模兽兽来漂城、王小丫在漂城、李宇春在漂城等等。他的消息很灵通，知道哪边搞活动。活动请了名人来捧场，他立即就挎上相机开着车就来了，来了就有收获。博客上每幅图都配上一段恰当的文字，图文并茂，可读可赏。博客点击量很高，本地圈里的人最喜欢过来看看。有小妹留言：慧眼好色，什么时候带我一块去色色啊。

　　他喜欢游猎，挎着相机到外地去拍。不远的地方，他开着车去。他的车是辆老吉普，与众不同。他跟报社的朋友熟，弄了个"新闻采访"的牌子。再加上他的装束，戴黑色遮阳帽，套米色摄影衫，穿泛白的牛仔裤，蹬白色运动鞋。很酷。如果出行的时间长，他喜欢在博客上打个公告：本人从即日起，去某地游历摄色，预计一周时间，请勿打扰，谢谢各位！于是，一周之后，他的博客上就出现大量的图片，风景如画，美女如云，皆自然之态，不雕不饰，清清爽爽，好不养眼。

他的旅途并不寂寞，总有美女相伴。美女不需自备，大多在旅途中邂逅，一个眼神一个动作就能搭上话，三言两语就成了朋友。他有着超强的沟通能力，再加上他帅气的外表，很得女人缘。

这一天上午，小城的很多朋友上班后打开电脑，在网上四处游走，寻找昨晚熟睡之时发生的让人精神振奋的事。进入"慧眼好色"，却发现这家伙在昨天半夜，打下了一条公告：本人从即日起，去五台山游历摄色，预计一周时间，请勿打扰，谢谢各位！

这家伙，昨晚在一块喝酒，只字未提，嘴巴越发紧了。等着吧，等着一周后，到他的博客上看新图片，梳理他这一周的足迹。

此时，沈会跟他们所料想的那样，坐在奔山西的火车上，并且很轻松地搭上了一个美女，叫小凡。小凡是在前一站上车的，也去五台山，还愿。

先到太原，再乘大巴到五台。他们一路拍拍，到了显通寺，五台山规模最大、历史最早的一座寺庙。

进了佛堂。他拿起相机想拍。这时旁边的一个僧人拦住了他："阿弥陀佛，佛门圣地，不能擅拍，恐惊了佛祖。"

小凡对着佛像拜了起来，她在许什么愿呢？她的面容是那么虔诚，目光那么透明。沈会忽然看到，小凡的头顶，跳动着一层佛一样的光芒。佛光映照下的小凡，面色柔和，宛如女神。沈会立即举起相机，想以迅雷不及掩耳之势拍下小凡的这一美丽瞬间。可他刚把相机举起来，意外发生了。相机的镜头"啪"地落了下来，掉到地上。

从未有过的事情，在他二十年的摄影生涯中。

他捡起镜头，迅速地套好，幸好没有坏，他二次举起相机，对准小凡要拍。就在他要按快门的时候，脚下一滑，扑通一声，跌坐在地上。

此时，那个僧人闭着眼睛，仿佛眼前什么也没有发生。而小凡仍然对着神像叩拜。身外无物，一心向佛。

沈会站起来，再也没有举相机，他默默地退出，一个人下了山。

太阳花

女儿念初一的时候，每天上学放学都经过一条小街。街边有花摊。花摊不大，一辆三轮车，车上摆满了大大小小的花盆，生长着各式各样的花。花摊的主人是位中年妇女，朴朴实实，但很精神，满面笑容地招呼着光顾花摊的客人。

女儿每次骑自行车到这里，总会支着脚停一下，看一会儿。有时我骑电瓶车跟上来，看她注意路边的花摊，会问一句，喜欢吗？她说，我喜欢花，但不喜欢路边的花摊，太简陋了，好花还是应该在宽敞的花店里，有层次的摆放，亮亮堂堂的，而不是流落在路边，一点都没档次。

我笑了，说，花有花的存在方式，有的被送到高贵的场所，或富人家，有人专门精心伺候，修枝剪叶，浇水施肥，花开得欢畅，枝繁叶茂。而有的流落在不起眼的场所，或穷人家，主人忙于生计，偶尔浇浇水，日渐萎落，直至被扔进垃圾中。但是它们都是花，它们都曾经开放过，本身并没有高低贵贱之分，只是命运不同罢了。

女儿说，你又讲大道理了，反正我不买路边的花。

女儿还说，长大了，我要开个大的花店，我花店里的花都高贵而美丽地开放。

我说，开花店的事很遥远，当前，你还是好好读书，考个理想的大学吧。

女儿没说话，脚猛地一蹬，车子向前窜出老远，把我甩在身后。我笑着摇摇头，心里想，女儿大了啊，有自己的想法了。

有一天，女儿突然对我说，老爸，你能帮帮卖花的那个阿姨吗？

我一时没反应过来，说，哪个卖花的阿姨啊？

她说，就是我上学要经过的那个路边花摊啊，你不是在单位管后勤工作，每年都要买大量的花草装饰领导的办公室，还有门厅、会场等等，你就在路边花摊那儿买一些呗。

我说，那哪能啊，我们用的花草都是跟一些大的花草公司合作的，都是经过正常程序集中采购，不是私自做主的。

女儿说，得了吧，啥正常程序，不过是走个形式，谁中标都是凭关系。

我说，小孩子可别瞎说啊，再说，她那花摊太小，也不够我们单位需求啊。

女儿做了个鬼脸，去自己房间了。

我在心里疑问，女儿为啥要我帮助那路边的花摊呢？

第二天，我发现家里阳台上多了两盆植物，细细的茎，淡淡的绿叶。

我问女儿，这花谁买的。

女儿得意地说，我买的，在路边的那个花摊上买的。

我说，为什么要买呢，家里不是有花吗？

她说，我看天那么热，阿姨的花摊没生意，我去帮一把，便宜，十块钱一盆，阿姨特别热情，也很开心。

我问，这叫什么花。

女儿说，太阳花，一到夏天就开放，我在网上查了一下，可好看了。

我忽然想起什么，问，你不是说不喜欢路边的花摊，还说坚决不在路边花摊上买花的吗？

女儿说，我改主意了。

以后，女儿每周都要抱两盆植物回来，一色的都是太阳花。

女儿说，我喜欢太阳花。

我笑笑，没说什么。反正这花也不贵，买就买吧，阳台摆满，就不买了吧。

这一天，我去参加家长会。意外地，发现旁边坐的学生家长竟然是那卖花的妇女。她今天特地化了妆，衣服也有些色彩，看起来比在花摊旁漂亮多了。我偷眼看了看她面前的试卷，试卷上的名字叫刘小轩。这个名字我熟悉，我女儿经常向我提起她的同桌，品学兼优，各门功课都很出色，每次考试都是班级第一名、年级前十名。

我搭话说，你女儿很优秀，我女儿经常提起刘小轩呢。

她害羞地笑笑，说，我女儿也经常提起你女儿，说你女儿热情善良，乐观向上。

我说，向你女儿多学习。

回到家里，我对女儿说，你知道吗？刘小轩的母亲就是路边卖花的那个阿姨。

女儿说，我早知道了。

女儿又说，你知道吗？刘小轩的父亲一年前生病去世了，家里所有的开支都靠她母亲卖花收入，生活很苦呢。

我说，真的不容易，怪不得你每周都到她那买花呢，可是，你买的那点花，根本解决不了问题啊。

女儿说，是啊，可是我只能做这么多了，还有，刘小轩的身体也不好，是一种血液病，虽然治好了，但会复发，所以刘小轩不能多剧烈运动，不能劳累，不能感冒，稍有不慎，都会导致血小板降低，病情复发，那可就麻烦了。

我在心里叹了口气，说，好吧，以后我们单位的用花，我可以抽出一点来让她供应，但是，你一定要向刘小轩多学习，期末考试成绩要跃上一个台阶，必须进步一百名。

女儿说，我就知道你有条件的，不会白做好事。

我说，你答不答应吧。

女儿说，好，一言为定。

我走到阳台上，看着一溜排的太阳花，心想，夏天就到了，太阳花快要开了，红的，黄的，紫的，一定是灿烂多姿，生气勃勃。

王小乐

李小蕊是小学六年级的学生，跟王小乐是同桌，也是好朋友。她们的家离学校不远，每天都是步行上学。王小乐上学要经过李小蕊的家，王小乐都是上楼来喊李小蕊一起手挽手走。到学校听课，两人在下面也手挽手，那样，她们会听得更入神。王小乐比李小蕊的性格要外向些，也强大些。她对同学说，你们不准欺负李小蕊，谁欺负李小蕊，就是欺负我，我就跟他（她）没完。放学了，两人一起背着书包回家，到了李小蕊家，李小蕊并不上楼，而是看着王小乐过了街，进入她家的小区，才上楼。

这一天，李小蕊午睡起床，敲门声就响起。李小蕊开门，王小乐正站在门外，却不进来，神色慌张地说，我发现了一件很奇怪的事，你来看看。李小蕊说，有啥奇怪的事呢？王小乐说，你来看看就知道了。李小蕊跟着王小乐下楼，到一楼拐角处，王小乐让李小蕊看墙角。这是旧小区，墙上到处贴着广告，乱七八糟的。李小蕊看到墙角空白处写着一行字：李小蕊跟吴小宇谈恋爱。字写得很丑，歪歪扭扭的。吴小宇是李小蕊和王小乐的同学。李小蕊说，这是谁写的呢？王小乐说，不知道啊，我上楼喊你，无意中看到了。李小蕊想上楼喊爸爸妈妈。王小乐说，算了，也不算什么大不了的事，把它涂了就是。王小乐从书包里拿出橡皮，擦掉字。两个人手挽手上学去了。

两天后的一个中午，王小乐又慌慌张张敲门，告诉李小蕊又有情况。李小蕊跟王小乐到下面一看。那里又出现了一行字，跟上次的笔迹一模一样：李小蕊跟王小乐同性恋。李小蕊说，这次怎么还写你了呢？王小乐说，这肯定是我们班同学写的，看我们俩关系好，嫉妒呗。李小蕊说，那为什么要到我家楼道口写字呢，难道不怕被发现吗？王小乐说，可能是中午我们睡午觉的时候写的，那时上下楼的人少。又说，我这次到班上好好查查，看看谁往我们头上泼脏水。说着，王小乐拿出橡皮，把字给擦了。两个人手挽手上学，路上，王小乐给李小蕊分析了几个怀疑对象。到学校，王小乐盘问那几个人，没人承认。

　　又过两天，李小蕊家楼下的墙上又有人写字了，仍然是王小乐发现的。这次写的是：李小蕊跟王小乐的男朋友周小刚有婚外情。李小蕊再也受不了，呜呜地哭了。一边哭一边跑上楼，把正在午睡的妈妈喊起来。那几天，李小蕊的爸爸出差没在家。李小蕊的妈妈听着女儿哭诉这一周来的情况，又仔细看看墙壁上的那行字，安慰女儿说，没事的，肯定是哪个同学跟你们开玩笑的，你们上学去吧。李小蕊跟王小乐刚走，李小蕊的妈妈就用手机拍了照。

　　两天后的中午，李小蕊的妈妈没有午睡，早早地站在窗口往下看，看到王小乐过了街，来到这边楼下，四处张望，进入楼道口。李小蕊的妈妈立即轻手轻脚下楼，通过楼梯的缝隙，她看到王小乐从书包里拿出笔在墙上写字，李小蕊的妈妈几步抢到楼下，说，王小乐，你在写什么？王小乐一惊，笔落在地上。李小蕊的母亲过去一看，更是吃惊，只见王小乐在墙角写着，李小蕊是我的好朋友，不准有人说她不好！王小乐说，老是有人在这写小蕊不好，我很生气。李小蕊的母亲拿出手机，看了看墙上的字，又看看手机照片上的字。她说，可是，前天的字跟今天的字笔迹是一样啊，这些字分明都是你写的！这时候，李小蕊背着书包下楼了，她看明白这一切，哭着往学校跑去，王小乐在后面追，她也不理。

　　李小蕊的妈妈来找老师。老师说，王小乐这孩子怎么会这么有心计呢？我找她谈谈吧。找来王小乐，王小乐低着头一语不发。当天晚上，李小蕊并没有跟王小乐一起走。王小乐也知趣地一个人从另一条路上回家。

这件事对李小蕊的伤害很大，她变得更加内向，不愿意跟别人交往。最好的朋友都背叛她，写她坏话，她不敢相信任何人。妈妈给她找了心理医生，她才有所转变。不过，她跟王小乐从此再也没有说话。

后来，她们小学毕业，考上不同的初中，就很难见面了。有一次，李小蕊上体育馆去练乒乓球，回来的路上，碰到了王小乐。李小蕊走出去很远，回过头去，她看到王小乐也在回头看她。

她怎么变得又黑又瘦呢？

李小蕊不知道，王小乐的父母一年前已经离婚了。

王小乐的父亲，跟同单位的一个人竞争科长的位置，背地里写了不少匿名信给上级领导，在网上编造竞争对手的谣言，被单位查出来，受到处分。他咽不下这口气，索性辞职去了另外的城市。

王小乐的母亲，一直跟另外一个男的有婚外情，后来，跟王小乐的父亲离了婚，跟那个男的去了另外一个城市。

王小乐一个人住在爷爷奶奶家。

李小蕊不知道这些，如果她知道，她会主动跟王小乐说话的。

但是，她确实不知道。

韦　彻

周末，我在盐城中学北校区的操场上闲走，听到前面两位老人在高谈阔论。

大意是：我们脚下的这片土地，曾是永宁寺旧址，也曾是一座王室宫殿。在这里称王的人叫韦彻，文武双全。

永宁寺，我是知道的，在城北的海纯路上。韦彻我也知道，在盐城称王七年，却不知道他的宫殿就在这里。

隋末暴政，天下纷争，群雄四起。按《隋唐》的说法，天下有三十六路反王，七十二路烟尘。我猜想韦彻应该不属于反王，毕竟盐城太小了。那么应该是"烟尘"吧。"烟尘"的概念要宽泛些。反正《隋唐》里没提到他的英雄事迹。

史书上查不到对他王号的记载。据《旧唐书·地理志》中简略记载：韦彻据盐为王，改盐城为射州，分设射阳、安东、新安三县。我们姑且叫他射州王吧。

民间对他的传说也只是零星点滴。

他是哪的人？阜宁。他从阜宁率领一支义军一路打到盐城，觉得盐城这地方不错，虽然没有山，但靠近海边，进可北上或西征，退可入海出国，或者干脆做海盗。于是他在盐城筑城而治，称了七年王。

七年中，中国发生了翻天覆地的变化。隋炀帝到扬州看琼花，琼花没看成，却被禁军首领宇文化及刺死在江都。而太原起兵的李渊入据关中，登基坐殿，建立了唐朝。

李渊当然不允许天下有反王和烟尘存在。他开始征讨和招降他们。于是，这些反王逃的逃、降的降、亡的亡。韦彻只是一种烟尘，根本不在李渊的眼里，只让就近的淮安王李神通去顺道灭了他。让李渊没想到的是，李神通连吃败仗，有一次还差点被活捉。

李渊很生气，命能征惯战的次子李世民前去征剿。

李世民跟韦彻交了几次手，什么好处也没得到。他发现，韦彻治军严明，心细如发。按现在的话来说，叫注重细节。李世民想尽办法来瓦解、诱杀韦彻，韦彻都不上当。相反，韦彻还能抓住他的疏漏，反击他，把他击败。

李世民很头疼，觉得韦彻是个难缠的主儿。

他虽年轻，却也久经战阵，大唐的江山，有一半是他打下来的。一个小小的盐城拿不下来，岂不被人笑话。

这天晚上，李世民在营中烦闷，借着月光，单人独骑出营闲走。边溜达，便想破敌之策。忽见一头白鹿从面前跑过。那白鹿白得像绸缎一样，在月光下尤其耀眼。李世民忘记烦恼忧愁，纵马紧追。那白鹿也是奇怪，跑了段路总是站住，回头看看，有时一闪不见了，就在李世民茫然不知所向时，会突然又在前方出现。就这样追追寻寻，不知不觉跑出了好远的路程。李世民一不小心，马陷淤泥。无巧不成书，那天夜里，韦彻也睡不着觉，天下众多反王，都归顺了李唐，他虽然打了几次胜仗，可是终不知能坚持多久。韦彻带着十几名亲信出营闲走，不知不觉也走到永兴集地带，忽见月光下淤泥中，有一人一马陷在其中，仔细一看，貌似小唐王李世民。韦彻指挥亲兵上前，要活捉李世民。李世民见有敌兵，一着急，狠揪马耳杂，那马疼痛难忍，奋蹄出了淤泥，向大路跑去。韦彻带领兵马在后面紧追不舍。

这时天色微明，晨光初现。李世民见前面有一座古刹，便纵马冲了进去。可是寺庙破旧，无处藏身。牵马转到后院，见一枯井。李世民非常高兴，便把马逐出后门，自己藏身井内。韦彻追到古刹，不见李世民踪影，料想李世民必逃到庙内，便带着亲兵下马入庙搜寻。搜来搜去，无果，也不见马匹。

韦彻想，难道他从后门逃走了不成？

眼睛盯着面前的枯井，又想，莫非，他藏在这井中？

韦彻陷入沉思。

亲兵说，后门外开阔，有马蹄印，井口破旧，有蛛网覆盖，我看，人还是从后门逃走了。

韦彻点头，有理。

出后门，继续追赶？亲兵问。

不了，回营。

韦彻带着手下人，回大营了。

李世民从井中爬出来，出了后门，找到他的马，也回营去了。

有人把李世民藏身井中、后逃回大营的事告知韦彻。这人很懊悔地说，可惜啊，我们看到蛛网，以为他不会藏在里面，就没有深究，如果按您经常教导的那样，注重细节，不放过每一种可能，我们就把他抓住了。

韦彻却哈哈大笑，这是天不灭李，奈何。

没几天，韦彻带领人马降了唐。

李世民问韦彻，你一贯注重细节，追根到底，当时又为什么没有趴在井口看看，只凭几缕蛛网便料定我不在井内，撤兵而去呢？

韦彻说，我知道你藏在里面，可是，我看到井口上盘坐着一头鹿，我就想，你受鹿神护佑，我纵然拿住你，又能如何？

李世民大惊，可是一头白鹿？

韦彻说，正是。

李世民说，我就是追逐一头白鹿才跑离大营，被你发现的啊，难道这是一头神鹿？

韦彻笑而不答。

……

白鹿的故事，不过是一个神话传说。井口的蜘蛛网，也是历史的迷雾。唐高祖李渊仍封韦彻为王。三年后，韦彻病逝。高祖下旨废射州，恢复盐城县，拆除了韦彻的皇宫，并在皇宫的原址上建了一座宏大的寺庙，定名永宁寺。

意思是永远安宁，无人造反。

……

前面两个老人仍在高谈阔论，我本来想加快脚步超过去的，可是，听了他们的谈论，却觉颇有意思，便放慢脚步，不紧不慢地跟在后面。

仿佛听到历史深处传来的悠扬钟声，叩击着尘封已久的心灵，伴随阵阵马嘶，呦呦鹿鸣。

写门对

小时候盼过年，盼的是热闹。

除夕的一大早，我家就开始热闹起来，村里人都卷着红纸来我家，请我父亲写对联。

他们叫我父亲邓老师。

邓老师好，请你侬给我画两句。

邓老师吃早饭啊，请你侬给我写个门对子呃。

我们那叫对联，不叫对联，也不叫春联，叫门对子。

后村的小钱三，来得最早，他家在后村村头，离得远，一大早，他就胳膊下夹着一卷红纸，进了我家的门。他个头不高，见人就憨笑。他是个泥瓦匠，曾经帮我家修过房子。我父亲见他来了，很客气，说，你先坐下，我把这碗粥喝了。

小钱三把红纸放在条桌上，转身在屋里看看，说，墙还坚不坚固，房顶还结不结实，要不过了正月，我帮你侬修修，墙上再抹一层泥，屋顶再盖一层草。

父亲稀溜稀溜喝着粥，嘎嘣嘎嘣嚼着萝卜干，说，好的，不急，现在很牢固，天暖和起来再说。

我麻溜跑过来，从碗橱里拿过一个小碗来，又在条桌头上取过墨水瓶，我们叫它黑墨，旋开盖，瓶口斜进碗里，里面的墨汁就缓缓淌进碗中，那个黑啊，像炭，那个稠啊，稠得像玉米糊糊。我又从缸里舀过一小舀水，兑一点进碗里，拿起筷子，搅匀了。又从抽屉里取出毛笔，摘下套子，笔头在碗里蘸，蘸饱了，又在碗边慢慢地刷，刷好了，把笔搭在碗边上。

那边我哥哥在裁红纸。哥哥把红纸折了几道，又在边上折个小道，然后对着印子裁。一会儿工夫，就全裁好了。又宽又大又长的，是贴在外面大门上的，稍短稍窄的，是贴在里面小房门的，四方四正的，是写福或富字的，细长的边角料，是写横批的。都安排得井然有序。

这时，屋里已经来了几个人，都夹着红纸。母亲给他们搬凳子。凳子少，不够坐，有几个人就坐在床边，没地方坐的，就站在门口说话。

这弟兄俩灵巧呢！

那是，长大了！

念过书的，没念过书的，就是不一样。

大家七嘴八舌，还说些村里的事。

王二面家的门对子昨晚就写好了，请杨会计写的。杨会计问他，你年年都请邓老师写，今年怎不请了。他说，为地界的事刚吵过闹，不好意思。杨会计就写了，你们猜写什么？

什么？

写的是：三芋干煮粥，越吃越有；萝卜丝包饼，越捏越紧。

哈哈。

纸裁好了，墨蘸饱了，父亲的粥也喝完了。他放下碗，母亲开始收拾桌子，潮抹布先抹了一遍，干抹布又抹了一遍，桌子便干干净净。

哥哥赶紧把红纸拿过来，先拿大的，铺好。我把黑墨的碗端过来，把笔搭在碗上。

父亲起身要去里屋。我抢前一步跑进去，从里屋的抽屉里拿出了一本黄历书，递给父亲。这是父亲特地从集上花五毛钱买来的。父亲笑了，并没有接，而是自顾自到桌边，拿起笔。我明白，父亲那是让我给他选内容。

我麻利翻到最后几页，里面都是新门对。

我说，上联：一年四季春常在；下联：万紫千红永开花；横批：喜迎新春。

我说，上联：佳节迎春春生笑脸；下联：丰收报喜喜上眉梢；横批：喜笑颜开。

我说，上联：春雨丝丝润万物；下联：红梅点点绣千山；横批：春意盎然。

我说，上联：一干二净除旧习；下联：五讲四美树新风；横批：辞旧迎春。

父亲便提笔在红纸上写了起来。我特别喜欢看父亲写字。那是一种特别新奇的感觉。父亲写的是行书，偏向于草体。有些字是繁体，繁中有简，比如"万"字，两点两横，竖下来一圈，看得我眼花缭乱。还有"春"字，也是一圈一绕，就成了，写得既简洁又圆润。如果有时间，父亲还会写隶书，一笔一画，认认真真，看得我感觉时间都停住了。

不知不觉半天时间过去了，来写门对的人也陆续散去。厨房里飘过来红烧肉的香味，母亲已经把饭菜做好了，她招呼着最后走的人："就在这吃中饭吧？"

当然是客气话，在乡村，除夕的中午是最讲究的，是团圆饭，一般是不在别人家吃的。

人都走了，父亲顺手把自己家的门对也写出来了。奇怪的是，父亲每副对联都写了两对，难道是把明年的也预备下了？父亲放下笔，让我们把笔墨收拾好，他自己把桌子擦了擦。写了半天，桌子难免会沾上一些墨汁。母亲把饭菜也端了上来。父亲开了一瓶酒，自斟自饮。

吃完了饭，父亲开始和面打浆子，准备贴门对。我们把门上的旧门对撕掉，用水洗干净门板，门板上露出斑驳的字迹：提高警惕，保卫祖国。这是我家最早的门对。以前每到除夕这一天，给别人家写完门对，父亲便用黄漆在门板上把这几个字描一遍，看起来十分醒目。我不知道父亲为什么不贴门对，而是反复描这几个字。父亲也从没解释过。

不知哪一年，父亲不再在门板上描漆了，也改成贴门对了。那一年，我父亲写的是：春入春天春不老，福临福地福无疆。三个春，三个福，写法各不同。父亲很满意，看了半天，品味着他的字。我们也跟着看了半天，比较着一笔一画的不同。

就在这一笔一画的品味中，一年过去了。

就在这一笔一画的品味中，许多年过去了。

那一年，贴好了自家的门对，父亲对我说，你去把那一套对联给王二面家送去吧……

现在，父亲已不再写对联，有那么几年，都是哥哥给村里人写。后来，干脆就不写了，因为每年银行都赠送门对，用不完。

这几年回家，我看到家里的对联，都有建设银行赠送的字样，是我们行的一个书法家撰写的，很漂亮。

母亲说，乡镇没有建行，是父亲特地到县城的建行要的。

父亲说，儿子在建行，我当然要贴建行的门对子。

行者老杜

北京奥运会过去整整一年。时间过得真快。

想起一个人来。老杜。

三年前的一天，我和一个朋友在街上走，遇一老者，推自行车，车头上插一面小旗，上书：迎奥运单骑走全国。我们觉得奇怪，主动上前答话。老者说自己是外地人，单骑走全国，每到一处，必找政府部门盖个章，以为证，刚才在县政府盖了章，请人家解决住宿问题，被婉拒，现在，正找便宜一点的招待所呢。

我说，吃住我们包下了。老者拱手，如此，多谢！便找了一个小饭馆坐下来。

这老者姓杜，为吉林某农村小学老师，退休后闲居家中，想起年少时的壮志，要走遍全国名山大川。不坐火车或汽车，更不乘飞机。只骑一自行车足矣。先跟家里人商量。孩子们都说，您要散心，旅游，我们可以陪您，还有妈妈，一道儿坐汽车、火车，何苦骑自行车呢？老太婆也劝。老杜仍不改初衷，斥道，你不要拖我的后腿，你已经拖了我几十年后腿了！

做好了全家的思想工作，老杜又向一些老朋友告别。老朋友们都劝，都过六十了，该享享福了，折腾什么！

一个老朋友的儿子，乡政府的宣传干事，对老杜的计划很感兴趣，给老杜出主意：应该出师有名，策划一个主题呀，我看就叫"迎奥运单骑走全国"吧。

老杜一下子阳光灿烂起来，说，还是你们年轻人有见识！

老杜回忆起那天出行的情景依然很激动，他说：

那天，我们乡政府门前彩旗飘展，人头攒动。我精神抖擞地站在人群的中心，身着乡服装厂赞助的运动服，手扶着饮料厂赞助的崭新的自行车。车后座上捆着乡小学赞助的一床棉被，车前面插着乡政府特制的"迎奥运单骑走全国"的小红旗。鞭炮齐鸣，我和乡长亲切握手，然后，转身，起跨，蹬车而去。我知道身后多少双眼睛看着我，很多人都是看看热闹罢了，最不舍的当然是我的家人。那一刻，我热泪盈眶。

老杜还说起他的小儿子，他也是作家呀，应报社之邀，写了篇文章，叫《父亲六十岁出门远行》，其中有这么几句：父亲骑车而去，风儿吹起他的运动外衣，使他的背影显得很宽阔。尽管如此，那宽阔的身影还是很快消失在街的尽头。父亲骑车远行，我的思绪也随之远行。作为儿子，我一直在心里默默祝福他，另一方面，作为一个作家，我从未停止对他此行真实心理的探寻。

说到这里，老杜朗声大笑，说，我儿子不愧是个作家呀，他都对我的心理进行探寻了，不得了。

我们都笑了，说，儿子嘛，最亲近的就是父亲，他们总希望多了解父亲，多关心父亲。

老杜说，是哩。他后来在电话里说，我知道你为什么要离家远行。因为，你受够了母亲，想离开母亲。真不愧是作家啊，看得准哩。我和老伴虽然一起生活了几十年，可我最烦的是老伴的唠叨，最喜欢听的是我学生们悦耳的读书声。我到课堂上，看到我的学生们，所有烦恼都烟消云散了。那时，我可以去学校来逃避她的无理数落，可是，我退休了，再也无法摆脱了，就想起"单骑走全国"的招儿。

我们都笑了，你闹了那么大动静，只为一个小小的理由啊。

老杜说，这当然是借口，主要是想出去开阔开阔视野，给我们国家的奥运会壮壮声势。

老杜还拿出几个大本子给我们看，里面密密麻麻都是全国各地的行政公章和邮政纪念章。老杜还拿出一沓厚厚的报纸来，报纸上有他接受全国各地报刊媒体的采访记录。

老杜说，现在已经跑了两年了。两年中，吃过不少苦头，为了省钱，吃最简单的饭菜，住最简陋的招待所。夏天，在公园的长椅上一躺就是一宿。有时，贪走了路程，前不着村，后不着店，宿在深山中，夜里山风刺骨，狼虫嚎叫，醒来一看更是冷汗直流。原来，再过几米，就是悬崖绝壁，如翻个身，掉下去，粉身碎骨呀。这些都在其次，有时在街市上遇到一些人不能理解，拿白眼珠看我，是我最寒心的。当然这些人是极少数的，一年遇不到三两个，最多的是遇到你们俩这样的好人，理解，支持。两年中，我的车子已经修了十余次，很多修车师傅看我的行头，看我的旗子，都不要修车费了。更有送我衣物的，赠我钱财的。衣物我收下，钱财一律退回。他们能理解我，我已知足了呀。

老杜还说，出来两年，还真的想家了，想老太婆，想孩子了。以前觉得老太婆太唠叨，现在觉得离了她的唠叨，反而不适应了。

那天我们喝了不少酒。一片醉意中，我们领老杜住旅馆。当然都是我们埋单。晚上，我们又聊了很久，互留了电话号码。

……

在北京奥运开幕的前一个月，我接到了老杜的电话。他说他已经骑着他的单车到家了。

老杜说，我将几个大本子和一叠厚厚的报纸交给了县宣传部。还将几大本笔记本交给小儿子，这是我的日记，或许对他创作有用。他翻动着我四年的全部记录，对我说，您真伟大，我这个作家名称是多么苍白无力！

我说，到家好啊，可以好好休息了。

老杜笑了，说，不，才刚刚开始。

我问，怎么是刚刚开始呢？

老杜说，接下来的日子里，不断有人请我去学校演讲。

老杜骄傲地对我说，我终于又回到学校啦！

老杜说，我兴奋啊！

阳台上的女人

有这么两三年，为了方便女儿上学，我在学校的旁边租了房子。房子就在围墙的外面，女儿从家里到教室，前前后后不到五分钟的时间。

每天早上，我得起早，做早饭。女儿上学了，我站在阳台上往下看，看到女儿背着书包快步走在围墙外面的水泥路上，跟同学们一起涌进了校门。校园的大喇叭里播放着优美或激昂向上的音乐，同学们或慢悠悠地走，或快步疾行，或一个人，或几个人结伴，还有的，骑着自行车在人群中灵活穿行。校园里叽叽喳喳的，就好像布满小鸟的森林，一片喧闹。这时候，他们都忘记了背上背着的沉重的书包，忘记了昨晚做作业的辛苦，一身轻盈。

女儿上学了，我离上班的时间还有近两个小时。如果天冷，我会溜进被窝再眯一会儿。但大部分时候，我愿意看看书，写点东西。到七点半钟时，我到厨房，吃早饭，再准备一下中午的饭菜。这时候，我往往会习惯性地抬起头，往窗外看。我会看到后面那幢与我家直对面的三楼，一个头发蓬乱、身着浅花色睡衣的少妇正探出窗外，把被子铺到窗外的晾衣架上晒。早晨的阳光柔软，洒在白白的被里上，跳动着光晕，与少妇的脸相映衬，构成一幅和谐的画面。那少妇趴在被子上片刻，便关了窗户，回身在阳台的衣架上取了几件衣物，身段在移门口停留了片刻，进卧室了。她的阳台上晾满了衣服。有的衣服是前天洗的，干的，有的衣服是昨晚洗的，还没干。她经常在晚上洗衣服。她洗衣服的时候，我正在厨房里给女儿做夜宵。她家的阳台上灯火通明，引得我忍不住多看两眼。有时候，她边洗衣服，边接听电话。她接听电话的样子很优雅：把手机夹在耳朵和肩膀间，手还不闲着，从洗衣筒里捞衣服，放在晾衣撑上，挂在晾衣架上。整个接电话的过程，她都微笑着，我虽然听不到她说什么，但可以感觉到她的开心。不由得我浮想联翩。谁的电话呢？丈夫的？这么长时间，我从来没见到她的丈夫呢。她的丈夫为什么不在家，是在别的城市上班，还是在外做生意。父母或其他亲人打来的吗？不太可能，因为有事说事，不至于打得这么久，而且是在她洗衣服腾不出手来的时候。到底是谁的？就没法得知了，再说跟我也没啥关系啊。有一回，我女儿吃完夜宵，又做了会作业，要睡觉了，我又到厨房给她热杯牛奶，看到对面阳台上的那个少妇，仍然在接电话。彼时，她的衣服已经洗完了，她仰在阳台一边的躺椅上，接着电话，仍然是笑眯眯的表情，有时甚至是大笑。我敢保证，这个电话还是先前她洗衣服时那个人的。我的天，前前后后，说了有两个小时了啊。那到底是谁的电话呢？

吃过早饭下楼上班，我经常看到她也在楼下。头发已不再蓬乱，而是梳得滑滑溜溜整整齐齐的，在脑后挽了个结，脑门光亮亮，一根头发丝没落下来。身上也不是睡衣，而是统一的制服，草绿色上衣，青色裤子，显得十分精神干练。看得出来，她是位窗口服务人员。我还猜想，她一定是单位的青年文明号、示范岗啥的。她长得漂亮，面容姣好，身材也不错，挺拔有形，像一棵白桦树，有女兵的风采。她的身边是一辆红色的马自达。她打开车门，坐了进去，车子发动，缓缓地出了小区。校园对面有个小卖部，那位憨厚的大哥在小卖部外面摆货，看到她来赶紧闪在一旁，目送着她拐出小区。校园门口的年轻保安，目送着她，一直到她的车拐到街上去，被大楼挡住了，才把目光收回。

我几乎每天都看到这个少妇，有时在窗口看到，有时面对面遇到，有时在街口的早饭摊上。她总是笑吟吟的，脸上洒满了阳光，浑身也涌动着青春勃发的力量，散发着迷人的光晕。总之，这个少妇给人留下的印象是多么美好，也给人留下许多想象的空间。有一天，我在一个喜欢摄影的的朋友博客上看到了一组图片，是机关送服务下乡的，忽然就发现了她。她穿着制服，挎着服务志愿者的授带，仍然那么精神饱满，仍然那么笑意盎然，与一些同事站在一排桌子后面。大概是她的漂亮、有气质吸引了我的那位朋友，他给她的镜头也最多最慷慨。或给行人发传单，或给咨询者讲解，或与同事说笑，或低头在思考什么，形态各异，气韵横生，像一朵腊梅，在冬日的冷色调里，尤其艳丽，引人注目。

我忍不住问这个朋友，认识这位少妇吗？他说不认识，知道她在某局窗口服务，那天是开着红色马自达来的，是去的人当中最漂亮的一个。我笑了，说，怪不得你给她那么多镜头，看来你喜欢她了。他也笑了，说，你不也是只打听她嘛。

转眼三年就要过去了，女儿要参加中考。我们将离开这里，搬到自己的家里。那儿离高中校区近。说实话，我有些舍不得。这里的一切是那么熟悉，旧式的楼房，有着悠久历史的校园，满眼都是绿色，那个可爱的小保安，还有校园门口小卖部的大哥，当然，还有那个开着红色马自达的阳光少妇。

这一天晚上，我下班回家。老远就听见小区门口有人争吵。到跟前一看，熟悉的红色马自达轿车抢先进入我的视线。争吵的声音是从车里出来的。

你瞎了眼啊，没看到我车进来啊！你那破三轮车急什么，不能让一下啊！

你看我干什么呀，我怕你呀，看你那死色，不像人样，把你卖了也赔不起我的车！

快滚开，别让我恶心！

在马自达的旁边，一个收破烂的老人扶着三轮车，红着脸在辩解着什么。小卖部的大哥和学校传达室的小保安也都在门口，把老人往一边拦，还劝解车里的少妇："反正也没碰着，算了吧，别往心里去。"

少妇气哼哼地，发动车子，呼地一声，进了小区深处，只留下一团烟雾，很快散去。

小卖部的大哥目送着马自达的身影，摇了摇头。

小保安也目送着马自达的身影，摇了摇头。

叶老师

叶老师是我小学时的数学老师，外号叫叶大麻子。他的脸，白白的，上面有麻子，密密的。

我到了五年级的时候，叶老师教我。开学第一天，叶老师看到我，笑着说，邓洪卫，你也长大成人了。我父亲也在中心小学教过书。那时候我还小，父亲经常把我带到学校来玩，叶老师很喜欢逗我。

叶老师说，洪卫，你一定跟你爸一样聪明，吃得下书吧。我红着脸，很文静地摇摇头。

他说，谦虚，跟你爸一样谦虚。谦虚使人进步。

后来，第一次考试，我的数学成绩不及格，58 分。叶老师站在讲台上，一个一个发试卷，报一个名字，报一下分数，发一份试卷。报到我的时候，叶老师抖抖我的试卷说，邓洪卫，上次你不是谦虚。

我红着脸，很文静地点点头。回到座位上，我认真地看我的试卷，把分数加了一遍。我举手说，叶老师，我的分数加错了。

叶老师拿了我的试卷，口算了一下，说，确实错了，给你多加了 5 分，53 分。

我的脸一下子就红了，我还以为他给我少加 5 分了呢，看来，我的数学真不行，算不上数。

叶老师说，你很诚实。我红着脸，慌乱地点点头，又摇摇头。

叶老师除了教数学，还教唱歌。叶老师的声音其实并不好听。一点也不亮，甚至有点沙哑。但叶老师乐感强，识谱。别的老师教唱歌，都不识谱，听着收音机硬学来的。他是对着谱子一句句唱。每教一首新歌，必先唱几遍谱子。所以，每到我们的音乐课，我们教室里总是稀里哗啦的唱谱声。按我们的方言来说，叫，七和尚八样腔。

有一次，叶老师教一首战斗歌曲，其中有一句：敌人的飞机一架一架往下落。下面，我调皮的同桌夹杂在里面唱：叶老师脸上的麻子一个一个往下落。

别的同学听不清，我听得清楚，忍不住笑起来。

叶老师走下讲台，问我，笑什么？我指着我同桌说，他唱你脸上的麻子一个一个往下落。

叶老师的脸红了，举起手里的音乐书要打。举到一半，又停下了，说，饶你一回。

叶老师刚转过身，我的同桌给我一拳，说，叫你当叛徒！

我"啊呀"叫起来。叶老师回身就把书打在我同桌头上，说，错上加错，不能再饶你了。

叶老师的家在学校南面三里外的一个村子里，叫皂角。他每天骑着自行车来上班。那时候，骑自行车上班的老师不多。

叶老师的自行车有点旧了，屁座上那块皮磨得雪亮，大杠上的漆也掉了，斑斑驳驳的。但很干净，很结实。叶老师很爱护他的坐骑，经常拿个抹布擦来擦去，拿个钳子对着各零件紧来紧去。叶老师说，别看它破，实用，耐用，跟着我七八年了。

这辆车是叶老师的父亲给他的。叶老师的父亲曾经是国民党军官，文革期间没少被批斗。我们见到过这老头，个头不高，瘦瘦的，很精神，很和善。一点不像电影里国民党军官那样凶狠。

有一阵子，叶老师上课神色很疲倦，因为他母亲病了。叶老师对母亲感情很深。因为历史原因，他的国民党军官父亲很少顾及家，是他母亲含辛茹苦把他拉扯大。

有一天，叶老师匆匆忙忙赶到学校，是跑来的。原来，他的自行车被偷了。夜里，他到街上给母亲抓药，回来后，把自行车支在门前，没顾上锁，就进屋熬药。等母亲服完药，出去一看，自行车没了。

半夜三更，怎么就那么巧，自行车就遇到了贼呢？

叶老师在课堂上问。没有人回答。

第二天，叶老师请假。又过三天，叶老师来了，胳膊上套着黑箍。叶老师很沉痛地说，对不起，我母亲走了，我很悲痛。

那一节课，叶老师没上新课，而是跟我们讲起他的母亲。最后，叶老师说，百善孝为先，我们都要孝顺自己的父母。

百善孝为先。这几个字像钉子一样钉在我的心里。

后来，我上了初中，就很少见到叶老师了。有一天，我放学回家，忽然听到有人在我后面说："这小伙子我好像认识嘛。回头一看，原来是叶老师。"

我说，叶老师，您怎么在这啊？

叶老师说，看看老朋友，多看看老朋友。

叶老师问了问我的学习状况，还抚着我的头说，要好好学习啊，将来考上大学，有出息。

回到家，我对父亲说，我见到叶老师了。父亲发了一会愣，才说，老叶得癌症了，晚期，看来活不过今年了。又叹了一口气说，这人真不禁过啊！

……

前不久，我回老家，70岁的父亲告诉我，他参加了一场他们初中的同学聚会。我问，是不是很激动，很高兴啊，一定喝了不少酒吧。

父亲说，没几个人喝酒了，大多数人身体有点毛病，忌酒了。

父亲还说，当时一个班四十来人，只联系上十几个，有的已不在人间了。老叶算是走得最早的人。

父亲说着，老泪纵横。

算起来，叶老师去世已经近30年了。

鱼汤面

那天早上，天气晴好。

他步行去上班，路过一个小区门口，从里面走出一个女子，冲他莞尔一笑。他仔细一看，原来是她。

他和她是高中同学，前后座。他喜欢她。她应该也喜欢他。她早上起得匆忙，总是忘了吃早餐。他便早点来，把她喜欢吃的食品偷偷塞在她课桌下面。她知道是他塞的，每次下早自习拿出食品，总是浅浅地向他笑笑。

只有他能看到的笑。

他们还在一个星期天，相约在县城的一家面馆吃了一次早饭。那家的鱼汤面特别有名。他们就吃鱼汤面。

可就是那一次唯一面对面的早饭，被一个同学看到了，并且迅速地传播开去。

她对他说，以后，你别请我吃早饭了。

又说，别往我的桌肚放食品了。

又说，别跟我说话了。

后来，他们就再没有说话。再后来，到不同的城市上大学，彼此也无任何联系。

咦，怎么是你？他问。看到她，他既惊诧，又欣喜。

是啊，我也没想到，我在里面看到你，以为看错了，原来真是你。她说。

你是哪一年到市里的？他听人说她一直在下面的一个县上班。

有八年了吧，你呢？

我毕业后分到这里，你就是住在这个小区啊？

是啊，搬到这有两年了，你呢？

我在南边的金色水岸，住了也有两三年。

哎哟，那相差不过 300 米啊。

是啊，那怎么没遇过你呢？

我每天都是吃过早饭后出来的，比今天要迟走 20 分钟左右吧，所以就岔开了。

对的，我正常不在家吃早饭，所以早出来，前面有一个早餐店，鱼汤面不错，我请你吃早餐吧。

好啊。

他想跟她在吃早餐的时候好好聊聊。毕竟十多年没见面了，他在心里还是经常挂念着她的。

两人来到了那家早餐店。这家早餐店很简单，面摊设在外面，客人都在店里面吃饭。老板在灶上忙着煮面，老板娘店里店外忙着往里端面。

老板娘热乎乎地问，二位，吃啥呢？

想起多年前的那次早餐，他不假思索地说，我来碗鱼汤面，你也来碗鱼汤面吗？她浅浅地笑了一下，那笑，只有他能看出来。她说，好吧。

说着话，她往面馆里面看，突然压低声音对他说，里面有一个男同事在吃饭，那人会嚼舌头，我们装作不认识啊。说着话，她拎着包直接走了进去，跟里面的同事打招呼，并坐在同事的对面。

他呢，有点扫兴地在门口站了一会儿，觉得她过于小心了。老板娘冲他诡秘地笑笑，他也回了一个笑，走了进去。

他坐在靠近门口的座位上，看到她跟那个男同事装模作样地聊天。聊的什么，他没有兴趣听，只是看着手机，等鱼汤面。

一会儿，鱼汤面上来了。先端给她，再端给他。老板娘在他桌上放下面时，又是诡秘一笑。他先喝了一口汤，今天的鱼汤味道太淡。又挑了一口面，今天的面有点软，不筋道。

那个男同事先吃完，并冲她招呼说，账结了啊。她说，谢谢。

男同事先走了，她把面端到他面前，歉意地一笑说，你不知道，这个男同事嘴太臭，会传播小道消息，没影的事，能说得有鼻子有眼，太烦人了。

他说，理解，每个单位都会有这种小人。随后，他又开玩笑说，人家帮你付了早餐钱，你还说人家不好，不厚道啊。

她也笑了，我说的是事实嘛。

他本来想跟她好好交流交流的，这时却没有了兴致，于是闷头吃面。

吃完面，他走出来，要结账。老板娘说，刚才那个人结了啊。

他说，他结了她那份吧？

老板娘说，都结了啊。

她的脸一下子灰了，原来他早就看到我们是一起来的啊。

他笑了，说，结了好，省了我一顿早饭钱。

老板娘也笑了，说，天天来吃，天天有人结，省多少钱啊。

两个人往前走，有一搭没一搭地聊着。那个男同事迎面跑了过来，说，哎呀，我的伞忘店里了，去拿一下。说着，穿过他们往店里跑去。

他抬头看天，说，这人什么毛病，好好的天，带哪门子伞。

她的脸更难看了，说，怎么这么倒霉，早知道他看到我们俩，我们就大大方方一起吃面了。

她一定是后悔遇到他了吧。

阳光灿烂，他心里却有点沉闷，不再理她，自顾自往前走。

她还在后面喋喋不休，唉，今天他那臭嘴一广播，不到明天，可能就满城风雨了。

终　点

　　我上班坐的是 BRT，BRT 就是快速公交。于是，几乎每次上班路上，都会碰到他们俩。他们俩也坐 BRT 上班。

　　他们并不一起上车。他先上车。他上车，车上人还少。他总是坐在倒数第二排的外面。这样，他就占着两个人的座位。

　　过了一站，车上的人渐渐多了起来，但他还是坐在外面座位，低头看手机。有人看看他里面的空座位，但他却装作没看见，有人忍不住问一声，他只好说，这有人坐了，对不起。那人只好作罢，找别的座位了。

　　又过了一站，那个女的也上车了。上车装作找座位的样儿，却三步两步找到他那儿了，他很自然地挪到里边的座位。她也很自然地坐在他旁边。

　　我喜欢坐在最后一排。最后一排座位高一个台阶。我高高坐着，一览众山小，注视着车内男男女女的动向。他们正好坐在我前面。他们的一个眼神一个动作，都尽收我的眼底。

　　他们，不是夫妻。他们，有点问题。在车上，他们会警惕地看看四周。每到一站，他们会密切注视着上车的人。我知道，他们是在看有没有熟人。如果，上车的人中有熟人，他们会对视一眼，或者低声地说句什么，然后立即矜持起来。除此之外，他们会很开心地说笑，旁若无人。

我很奇怪，他们哪来那么多话要说，又是说得那么开心。

他们的声音很小，车厢里很吵，再加上车子行驶的噪音，我根本听不清他们说什么，但他们很开心，很亲密。

有一次，他们对着手机念着什么。我很好奇，身子尽量往前倾，耳朵竖起来，尽最大努力去听。而不知不觉，他们的声音也比先前大了一些。原来，他们在朗诵诗歌。

爱情是一个光明的字，被一支光明的手，写在一张光明的纸上……

路过笛卡尔大街，我走向塞纳·马恩省河，腼腼腆腆，一个旅客，一个刚到世界之都来的年轻的野蛮人……

我一次又一次地观看，那只英武的孟加拉虎，直到金黄色的傍晚，瞧它在铁栅栏里面，循着注定的途径逡巡往返，从没有想到那就是它的樊笼……

扑灭我的双眼我能看见你，堵塞我的耳朵我能听见你，没有脚我一样能走向你，没有嘴我依然可以召唤你……

海涅、米沃什、博尔赫斯、里尔克……在他们轻启的唇齿间流淌，声音很小，在公交车的噪音中，几乎就是无声。但我看到他们的表情，投入，真切，内心澎湃着激情，如大海波涛涌动。

他们在同一个站下车。我以为，他们是同事。那个站旁边，是一幢很气派的写字楼。写字楼的墙上和顶端，都设置着单位的名字和标识。这是一家很有实力的公司。我想他们都在这个公司的某一办公室上班。

但后来发现，他们不是同事。

有几次，我出来的迟了，坐了下一班的车。车子到了他们下车的前一站停留时，我看到他在路边行走，然后拐进了路旁的一个大院。她没有出现。

原来，他每次都多坐一站路，为了多跟她坐一会儿，多说几句话。他完全可以在前一站就下车的。

如果，是情人，他们或许会在晚上约会的，何必在乎早上坐车上班的一段时间，又何必在乎那最后一站路。

或许，上帝给予他们的时间，只有早上坐车这一段，晚上，他们根本没有时间在一起。

　　或许，他们是纯洁的。但他们的举动，又在无意中流露着亲昵。

　　我只能从表象上猜测，无法知道他们真正的生活，更无法深入内心。

　　这样的场景持续了有三年。忽然发生了变化。

　　他们仍然坐在同一辆车上，却不坐在一起。同样，还是他先上车，过了两站，她上车了，却不向这边来，而是坐在另一个位置上，跟不认识他似的。他不再像先前一样用目光迎着她过来，而是转脸看着窗外，也不再坐到她单位的那站，而是前一站就下车。她单位旁的站台，再也不是他的终点站。他在自己的终点站下车。

　　他们虽然还是同一个方向，但终点却不一样了。

　　在他们之间发生了怎样的纠结，我不知道，但我知道，他们掰了。

　　我习惯了他们在我前排的耳鬓厮磨，浅笑低语。现在，他们隔着那么多座位，目光躲闪，恍若路人，我很不适应。

　　后来，他们中的一个人不坐这班车了。再后来，另一个人也不坐这班车了。

　　只有我，还在这班车上。眼前还时常闪现他们的身影，感慨，失落。

周老师

教我们小学五年级的周老师，是个很有想法的人。

他是部队转业回来的，妻子在另外一个小学教书，他们的儿子也有五六岁了，随他父亲，小精灵的样子，名字叫周天。我们都很佩服周老师，认为他是干大事的人，给儿子起的这名字就非常气魄。

是的，他是干大事的人，他很想干大事。

可一个农村小学老师，能干什么大事呢？条件有限嘛。

周老师没有条件，也要创造条件。

他一个人干不起来，他要发动我们干。

短短一年时间里，周老师带领我们干了好多大事，我试着回忆一二。

那时候，最热的词是学雷锋做好事。周老师就带领我们学了很多次雷锋做了很多次好事。有一件我记得很清楚，就是利用节假日时间，在电影院门前摆小人书摊，免费让等候看电影的人阅读。小人书从哪里来？周老师让我们全班同学每人带一本，全班 54 个同学，就是 54 本，还有好表现的同学，一人带了五六本，加起来快 100 本了。100 本小人书，摆在影院门前背风的地方，非常显眼，非常壮观，引来许多人观看。我现在经常参加一些活动，看到活动现场拉着横幅，放着展板，还有人拍照，摄像，十分热闹。我们那时候条件太差，没有钱拉横幅，只有周老师在硬纸板上写下的四个龙飞凤舞的大字：免费读书。有人还掏出一分钱来。我们班长按照周老师教好的词说，我们是六套中心小学五年级少先队学雷锋小组，我们免费赠阅小人书，一分钱不收，只希望在寒冷的天气里给你们带来春天般的温暖。我们几个骨干分布在四周，看着，防止有人偷小人书。都说三月学雷锋，可那时正放寒假，天气贼冷，我们几个操着手，来回走动，眼睛警惕地扫瞄着。我忽然发现有一个家伙一边把一本小人书往怀里揣，一边往外走。我赶紧上前拦住，说，请您把小人书拿出来再走。那人说，没有呀。我手疾眼快，一伸手从他怀里把小人书抢过来。他说，这是我自己的。我说，不可能。他说，就是我从家里带来的。我翻到小人书最后一页，上面有一行铅笔字，六套小学五年级少先队学雷锋小组。那人尴尬地挠挠头，说。既然学雷锋，就该学到底，这里天太冷，让我带回家去看嘛。说着，在周围人的哄笑声中，逃了。周老师在影院的台阶上看着，向我竖起大拇指，露出满意的笑容。

还有一件事不能不提，那就是周老师带领我们轰轰烈烈地除四害灭老鼠。周老师说，老鼠是公害，从我们嘴里偷吃了多少粮食，它是人类的敌人，我们要坚决消灭它。他要求我们每人每周交五只老鼠尾巴。我们积极响应，一放学就拿着铁锹往庄稼地里跑，去找老鼠。还到市场上去买老鼠夹放到家里夹老鼠。到星期六下午，我只找到四只尾巴。没有其他办法，只好把四只老鼠尾巴包好，上学校，等着被周老师批评。走到半路上，看到一只狗嘴里衔着个东西悠然自得在我面前走过。仔细一看，狗嘴里是老鼠，我大喝一声，丢下老鼠！狗不听我的话，掉头就跑，我在后面紧紧追赶。事实证明，狗比我跑得快。可我那天是拼了命了，紧追不舍，拿着地上的土块砸过去。狗一闪身，躲过了，回过头来，很不满地冲我汪汪叫了两声。它一叫，老鼠就掉了下来。我赶紧冲过去，捡起来。那是一只死去多日的老鼠，都成老鼠干了。我顾不得许多，掏出随身带的小刀，切下尾巴，包好，把没有尾巴的死老鼠扔给狗。那狗瞪大眼睛看着我，心里一定在想，这人真是莫名其妙。

周老师没想到，捕鼠这件事，受到其他老师的反对。首先是数学叶老师带头反对。那天下午，第一节是数学公开课。他跟几个老师到教室一看，差了一小半人，一问，才知道都去田里挖老鼠了。他很生气，把书一摔就到办公室找周老师，跟周老师吵了一架，周老师自知理亏，连赔不是。接着，另一个女教师也吵了起来。她的儿子在我们班，回家作业不做，嚷着要她帮忙逮老鼠。女教师火了，跟周老师吵了一架，把儿子转到另外一班去了。还有我们班一个同学，不知从哪收来几十只老鼠尾巴，到教室叫卖，一分钱一只。结果有一个同学拿了老鼠尾巴不给钱，打了起来，被校长发现了。校长狠狠批评了周老师一顿。周老师在教室开班会，没有一句批评，反而表扬我们，他还慨叹一句，现在干点大事真难啊。

尽管遇到许多挫折，周老师还是不灰心。他还带领我们向边远地区捐书。边远地区的小朋友很配合，写了感谢信登在少年报上，被周老师拿到教室读得声情并茂。他还把这些好人好事写成稿子，投到报社，刊登出来，扩大影响力。

那一年，我们班被全省评为十佳少年先锋队。周老师还开了一个庆功会。

不久，周老师因表现突出，被调到另外一个小学做了校长。他很满足，没有再往前进步。在这位置上一做就到退休。

这没办法，周老师的头顶，就那么高的天，他再想飞，也飞不出那个天去。您说是不是？